Go Set A Watchman

守望之心

【美国】哈珀·李 著
张芸 译

译林出版社

纪念李先生和爱丽丝

目　录

第一部

1

过了亚特兰大后，她一直望着餐车窗外，怀着一种几近雀跃的愉快。她的目光越过面前的早餐咖啡，凝视佐治亚州最后一抹山丘的隐退，红土地出现了，伴之而来的是铁皮屋顶的房子，坐落于“扫院”中央，院子四周是刷白的轮胎，里面少不了有马鞭草。当她第一眼望见一户黑人人家未粉刷过的屋子顶上有副电视天线时，她咧开嘴笑了；天线数不断累加，她的喜悦也随之高涨。

琼·露易丝·芬奇一年回家一次，这已经是第五个年头了。这段旅程她以往总是搭飞机，今年她决定从纽约乘火车到梅科姆火车站。一方面，上次坐飞机时她吓得魂飞魄散：飞行员选择从一股龙卷风中间穿过；另一方面，坐飞机回家，意味着她的父亲得凌晨三点起身，驱车一百英里到莫比尔接她，之后再上一整天班——今年他七十二了，再这样折腾就说不过去了。

她很高兴做了乘火车的决定。现在的火车与她童年时已经很不一样了，新奇的体验带给她不少乐趣：按下墙上的一个按钮，一位胖墩墩的服务生便如神话里的魔仆般显形；应她之命，另一面墙上弹出一个不锈钢洗脸盆，还有一个可以把脚踩上去的厕所。她的卧铺隔间——他们称之为“小包房”——有几条钢印的提示，她决心不受其威吓，可前一晚上床时，她把自己卡在了墙里，因为她没有理会将此横杆拉过托架的指令。服务生替她解了围，不过也够尴尬的，因为她习惯睡觉不穿睡裤。

幸好，在那个机关啪的一声把她一起夹进去时，服务生正在走道上巡逻，听到她在里面嘭嘭嘭地猛捶一气，便喊道：“我会把你弄出来的，小姐。”“不用，不用，”她说，“只要告诉我怎么出来就行。”“我可以背过身去。”他说，并照办了。

那日早晨，当她醒来时，火车正在亚特兰大调车场转轨，咔嚓咔嚓地缓缓行驶，但遵照卧铺隔间里的另一个提示标志，她待到科利奇帕克飞掠而过才下床。换衣服时，她穿上她的梅科姆装：灰色宽松便裤、黑色无袖上衣、白短袜，还有平底便鞋。虽然还有四个小时的车程，可她似乎已经听见了她姑姑不满的嗤鼻声。

当她喝到第四杯咖啡时，新月特快号列车[1]声如巨雁般向其北行的同伴鸣笛，隆隆驶过查特胡奇河，进入亚拉巴马州。

查特胡奇河宽阔、平坦、浑浊。今日水很浅，一弯土黄的

① 即“皇后与新月特快号”列车，得名于其运行线路——从辛辛那提（皇后城）至新奥尔良（新月城）和什里夫波特的“皇后与新月线”。

沙洲把河水截成涓涓细流。也许冬天会有哗哗的水声，她想，有行诗是怎么说的来着？我记不太清了。“我吹着牧笛从荒谷走下来”[1]？不对。他是写给一只水鸟，还是一道瀑布？

她琢磨着，西德尼·拉尼尔[2]想必跟她离世已久的表叔约书亚·辛格尔顿·圣克莱尔有几分相像，他独霸着从黑土带地区[3]延伸至拜乌拉巴特里[4]的文坛。想到这儿，她毅然克制了一下雀跃的情绪。琼·露易丝的姑姑时常在她面前把约书亚表叔立为不容置疑的家族楷模：他是人中龙凤，他是诗人，他英年早逝，琼·露易丝必须谨记，他是给家族增光的人。他的照片与家族很是相称——约书亚表叔看起来像个尖嘴猴腮版的阿尔杰农·史文朋[5]。

她又想起父亲告诉了她这个故事剩下的部分，不禁暗自窃笑。约书亚表叔早逝，没错，但夺走他的不是上帝之手，而是恺撒的军队：

上大学时，约书亚表叔学习过于勤奋，思考得过多——事实上，他自修通读了十九世纪的著述。他披着长斗篷，穿着他

---

① 出自英国诗人威廉·布莱克（William Blake）的诗集《天真与经验之歌》的《序诗》第一行“piping down the valley wild”，此处为杨苡的译文。

② 西德尼·拉尼尔（Sidney Lanier），美国诗人，其作品多表达对于自然与土地的热爱，赞美自然世界，以及由此而生发的宗教想象。

③ 亚拉巴马州的一个带状区域，因其肥沃的黑土而得名，从西到东覆盖了十八个县。

④ 亚拉巴马州莫比尔县的一个城市，毗邻墨西哥湾。

⑤ 阿尔杰农·查尔斯·史文朋（Algernon Charles Swinburne，1837—1909），英国诗人、剧作家、小说家、文学评论家，写过很多富有争议的作品。

让铁匠按照他自己的设计制作的长筒靴。约书亚表叔对学校管理部门牢骚满腹，冲校长发飙，在他看来，校长不过是个下水管检修专家。这虽然无疑是事实，但以此为由拿致命武器攻击他人却站不住脚。经多方花钱疏通后，约书亚表叔没吃官司，却彻底沦落，被安置在为无行为责任能力人设立的州收容所，他在那儿度过了余生。他们说，他在各方面都通情达理，唯独若有人提到那位校长的名字，他的脸就会变得扭曲，然后摆出美洲鹤的姿势，并保持这个姿势不动八个小时或更久，没有任何东西、任何人能让他把腿放下来，直到他把那人忘记为止。在晴朗的日子里，约书亚表叔会研读希腊语；他留下薄薄一册诗集，是由塔斯卡卢萨的一家公司私下印制的。那些诗作如此超前，至今无人能破解，但琼·露易丝的姑姑一直把这部诗集随意又醒目地陈放在客厅的桌上。

琼·露易丝放声大笑，然后环顾四周，看是否有人听见。她的父亲有办法戳破他妹妹关于芬奇家族任何一员都天生高人一等的说教：他总是私下里郑重地告诉女儿剩下的故事，但琼·露易丝有时觉得，她窥见阿迪克斯·芬奇的眼中闪过一丝明白无误的鄙夷，要么那只是他眼镜的反光？她从没搞清楚过。

乡村的景致和火车的运转平缓了下来，在窗口到地平线之间，她能看见的只有牧场和黑色的奶牛。她很纳闷，她为何从未发现过故土的美。

蒙哥马利的车站位于亚拉巴马河的一个急弯处，她下车舒展双腿，由那灰暗的色调、光线和奇怪的气味而复生的熟悉感向她扑面而来。少了点什么，她心想。过热轴承箱，没错，就是这个：一个人拿着撬棍在火车下面移动，先是当啷一下，接着是嘶——嘶嘶嘶——嘶嘶嘶的声音，白烟冒了出来，人就像置身在火锅里一样。如今这些大家伙都烧石油了。

一股陈年的恐惧无缘无故地涌上她的心头。她已经二十年没来过这个车站了，可她小时候跟随阿迪克斯去州首府时，总会被吓得不轻，害怕摇摆的火车会坠落河堤，把他们全都淹死。可当她回到车上向家奔去时，却又把这些记忆抛在了脑后。

火车咔嗒咔嗒穿过松林，戏谑地朝着林间空地上一个钟形漏斗状的物件鸣笛。这个老古董着色花哨，被丢在铁轨一旁，上面带有一家木材公司的标志。新月特快号一口吞了这东西都绰绰有余。格林维尔，埃弗格林，梅科姆车站。

她请列车长记得让她下车，而且因为列车长上了年纪，她都能预料到等会儿的滑稽状况：他会飞快地冲向梅科姆站，在过站四分之一英里的地方叫停火车，然后，在与她道别时，他会说，抱歉，他差点儿给忘了。火车变了，列车长丝毫未变。在招呼站同妙龄女郎打趣，是该职业的一大特色，阿迪克斯能预测出在新奥尔良与辛辛那提之间出车的每个列车长的举动，所以他站的地方离她下车的点不会超过六步。

家乡梅科姆县，南北长约七十英里，东西最宽达三十英里，是个出于政治目的划得怪模怪样的选区。荒凉的原野上点缀着小片的居民区，其中最大的是梅科姆镇，县首府所在地。梅科姆县在历史上与全国其余地区隔绝颇深，以至于有些居民对过去九十年来南方的政治倾向浑然不知，依然投票给共和党，直到不久之前才有所改变。梅科姆镇不通火车，而所谓的梅科姆火车站不过是个客气的称呼，实际位于二十英里之外的阿伯特县。长途汽车班次不定，似乎哪儿也去不了，但联邦政府在沼泽地里硬开了一两条公路，给那里的居民提供了一种免费出行的方式。可没几个人领这个情，有什么必要呢？知足者常乐，梅科姆镇什么都不缺。

梅科姆县和梅科姆镇得名于梅森·梅科姆上校，此人盲目自信、不可一世、一意孤行，在与克里克印第安人作战时让与他并骑上阵的全体将士陷入了混乱的绝境。他控制的那片地区，北面有些丘陵，南面一马平川，地处沿海平原的边缘。梅科姆上校深信印第安人不喜平地作战，便一路向北搜寻敌人。当他的将军发现梅科姆的军队还在山林间轻车漫步，而克里克人却埋伏在南边各片松树丛后时，派了一位友好的印第安信使送信给梅科姆上校：*南下，你这笨蛋*。梅科姆上校深信这是克里克人企图诱捕他的诡计（他们的首领难道不是个蓝眼睛、红头发的魔鬼吗？），把那位友好的印第安信使打入大牢，继续北上，直至他的军队绝望地迷失在原始丛林中。他们就这样大惑不解地在那儿坐等战争结束。

若干年过去了，梅科姆上校终于相信了那条消息说不定真的来路正派，于是毅然决然地开始向南行军。途中，他们遇到一些移居内陆的人，告诉他们，与印第安人的战争已近尾声。这些士兵和这些移民相亲相爱，成了琼·露易丝·芬奇的祖先，而梅科姆上校硬是继续走到了现在的莫比尔，以确保他的功勋得到应有的承认。历史记载的版本与真相有些出入，但这些却都是事实，经年累月口口相传，每个梅科姆人都了然于胸。

“……带上你的行李，小姐。”服务生说。琼·露易丝跟随他从餐车走到她的卧铺隔间。她从皮夹里抽出两美元：一美元是平常的小费，一美元是感谢他昨晚解救了她。不会有什么意外：火车飞快地冲过了站，在四百四十码外停了下来；列车长笑盈盈地现身了，说他很抱歉，他差点儿忘了。琼·露易丝也对他笑笑，焦急地等待服务生把黄色的踏板安放就位。他扶她走下列车，她给了他两张钞票。

没有看到父亲的身影。

她顺着轨道望向车站，看见一个高高的男子站在窄小的月台上。他跳了下来，跑过来迎接她。

他将她一把搂入怀中，紧紧拥抱她，松开，狠狠在她嘴上亲了一下，然后温柔地吻她。“等一会儿，汉克。”她嘟囔道，心里十分高兴。

“嘘，姑娘，”他捧着她的脸说，“我想在哪儿亲你就在哪儿亲你，就算是在县政府大楼的台阶上我也不管。”

这个有权在县政府大楼台阶上吻她的人是亨利·克林顿，她从小到大的朋友，也是她哥哥的至交。当然，他要一直这么亲下去，就亲成丈夫了。爱你想爱的人，嫁则嫁你的同类——一句她从骨子里认同的格言。亨利·克林顿和琼·露易丝是一类人，在她心中，这并不是一句击碎浪漫爱情的残酷格言。

他们手挽手走过铁轨，去取她的手提箱。“阿迪克斯好吗？”她问。

“今天他的手和肩膀在发病。”

“这样的话他就不能开车了，是吗？”

亨利伸出右手，半握着拳说：“他只能握成这样，没法握紧了。他的手犯病时，只好由亚历山德拉姑姑帮他系鞋带和扣纽扣。他连剃须刀都握不住。”

琼·露易丝摇摇头。她虽然已经过了去怒斥老天不公平的年纪，可还是太年轻，没法安然接受父亲身患重病的事实，总免不了一番挣扎。“一点办法都没有吗？”

“你知道没有，”亨利说，“他一天服用四千五百毫克阿司匹林，只能这样。”

亨利提起她沉重的手提箱，他们一起朝车子走去。她不知道等到她日复一日忍受病痛的时候，她会如何自处。肯定不会像阿迪克斯这样：倘若你问他感觉怎么样，他会如实相告，但他绝不诉苦；他的脾气始终如一，所以要想搞清他的感受，你必须开口问他。

亨利发现他的病情，只可能是出于偶然。有一天，他们在县政府大楼的档案库查找一份土地产权证，阿迪克斯用力抽出一本厚重的抵押契据簿，突然脸色煞白，簿子掉到了地上。“怎么啦？”亨利问。“风湿性关节炎。你能帮我捡一下吗？”阿迪克斯说。亨利问他有多久了，阿迪克斯说六个月。琼·露易丝知道吗？不知道。那他最好还是告诉她。“要是告诉她，她会上这儿来设法照顾我。对付这病的唯一方法是别让它打败你。”这个话题就此打住。

“想开车吗？”亨利说。

“别傻了。”她说。虽然她的驾驶技术还不错，但她讨厌操作任何比别针更复杂的机械：室外用的折叠椅令她深感恼火；她从未学过骑自行车或使用打字机；她用简易的鱼竿钓鱼。她最喜欢的休闲活动是打高尔夫，因为它的基本要素只包括一根杆子、一个小球，还有心境。

看亨利驾驶那辆汽车轻松自如，她不禁妒火中烧。车是为他服务的，她寻思道。“是动力方向盘吗？自动挡？”她问。

“那还有假？”他讲。

“哦，假如每个装置都‘熄火’，你就没法换挡了，那会怎样？到时你就麻烦了，不是吗？”

“但不会每个装置都‘熄火’的。”

“你怎么知道？”

“这就是所谓的信念。过来。”

对通用汽车的信念。她把头靠在他的肩上。

“汉克，”过了一会儿，她说，“到底是怎么回事？”

这是他们俩之间一个老掉牙的笑话。一道粉色的疤痕，从他右眼下方起，延伸至鼻翼，然后斜着划过他的上嘴唇。他的嘴唇下面有六颗假的前牙，连琼·露易丝也无法哄他拿出来给她看。他戴着这副假牙从战场返回家乡。一个德国人用枪托对准他的脸猛击下去，没别的意思，只是为了表达自己在战争结束时的不快。琼·露易丝觉得这是编出来的：现在打仗都有远程枪炮、B-17轰炸机、V型飞弹这些的，所以亨利和德国人不大可能短兵相接。

“好吧，宝贝，是这样，”他说，“我们下到柏林的一个酒窖里。大家都喝多了，打起架来——你喜欢听可信的事，不是吗？那么，你愿意嫁给我吗？”

“现在还不行。”

“为什么？”

“我要像施魏策尔博士那样，游戏人间到三十岁为止[1]。”

“他可真是游戏人间。”亨利阴沉地说。

琼·露易丝在他的臂弯下动了动。“你明白我的意思。”她说。

“是的。”

梅科姆的居民说，没有比亨利·克林顿更优秀的青年了。琼·露易丝对此深有同感。亨利的老家在梅科姆县的南端。他的父亲在他出世后不久抛弃了他的母亲，她在交叉路口开了一家小店，夜以继日地工作，供亨利念完了梅科姆的公立学校。亨利从十二岁时起便在芬奇家对面搭伙，这本身便使他高出一个层次：他可以自己做主，不受厨子、园丁和父母的权威束缚。他比她年长四岁，这在当时意义不一般。他常拿她开心，而她

① 阿尔伯特·施魏策尔（Albert Schweitzer，1875—1965），医学家、音乐家、哲学家，诺贝尔和平奖获得者。早期一直研习音乐，颇有造诣，在三十而立之年决意从医，后赴非洲创办医院治病救人，同时在欧洲通过音乐筹集资金，保证其在非洲的医疗事业顺利开展。

仰慕他。他十四岁时，母亲过世了，几乎什么也没给他留下。阿迪克斯·芬奇悉心打理靠变卖那家店得到的一丁点儿钱，大部分花在了她的葬礼上；他还偷偷用自己的钱贴补，并为亨利找了一份课后兼职工作，在“五分丛林”超市当店员。亨利高中毕业后从军入伍，战后，他上了大学，攻读法律。

大约就在那个时候，琼·露易丝的哥哥有一天猝然倒地身亡，在那段噩梦般的日子过去以后，一直考虑把他的事务所留给儿子的阿迪克斯四处物色新的接班人。对他而言，雇用亨利自在情理之中，不久，亨利便成了为阿迪克斯跑腿的人，成了他的耳目、他的左右手。亨利一向敬重阿迪克斯·芬奇；不久，这份敬意融为爱，亨利视他如父。

他不把琼·露易丝当作妹妹。在他离乡参战和上大学的那些年里，她从一个身穿背带裤、性子火爆、挎着枪的小怪胎变得马马虎虎初具人形。他开始在她每年回家探亲的两周里和她约会。虽然她走起路来依然像个十三岁的男孩，并基本弃绝女性美的装点，但他在她的身上发现了某些极具女人味的特质，因而坠入爱河。大多数时候，她都和颜悦色，随和地与人相处，但这绝不表示她是一个随和的人。一种他无法揣测的灵魂骚动困扰着她，可他确信她是他的另一半。他会保护她，他会和她结婚。

“厌倦纽约了吗？”他说。

“没有。”

“放手让我安排这两个星期的活动，我会使你厌倦纽约的。”

“这算是一个不正经的建议吗？”

"算。"

"那么，见鬼去吧。"

亨利停下车。他熄了火，蓦然转身，看着她。她知道，当他对某件事认真起来时，他的板刷头上头发根根直竖，像把愤怒的刷子；他的脸色大变，脸上的疤痕泛红。

"亲爱的，你是不是希望我换一种绅士式的表达？琼·露易丝小姐，现在我的经济状况已达到一定水准，可以供养两个人的生计。我像昔日的以色列一样，在大学的葡萄园和你爸爸事务所的牧场上为你辛勤耕耘了七年……"

"我会叫阿迪克斯再加七年。"

"可恶。"

"此外，"她说，"应该是昔日的雅各才对[①]。不，两个叫法都一样。他们总是每三行诗换一个名字。姑姑怎么样？"

"你明明清楚得很，她三十年来一直无恙。别转换话题。"

琼·露易丝的眉毛一颤。"亨利，"她一本正经地说，"我可以和你谈恋爱，但我不会嫁给你。"

这事千真万确。

"别整得像个小屁孩似的，琼·露易丝！"亨利气急败坏地说，忘记了通用汽车最新款汽车免除的操作步骤，猛拉挡位，

---

① 出自《圣经·旧约》。"以色列"为雅各的名字，是神亲自给他改的名字，他是以色列民族的祖先。雅各为娶母舅拉班的小女儿拉结，为其在葡萄园和牧场劳作七年。期满后拉班却许以大女儿利亚。雅各娶利亚后，又为拉班劳作七年娶拉结。

猛踩离合器——都没有反应，他狠狠地转动车钥匙，按了几个按钮，那辆大轿车徐缓而平稳地在公路上行驶起来。

“加速有点慢，不是吗？”她说，“不适合在城里开。”

亨利生气地瞪着她。“你这话是什么意思？”

眼看就要变成争吵了。他是认真的。她最好惹得他暴怒，他便会沉默，这样她就有时间思考那个问题了。

“你从哪里弄来那条不堪入目的领带？”她说。

是时候了。

她差不多爱上了他。不，那是不可能的，她想，你要么爱，要么不爱。爱是这个世上唯一一件不含糊的事。无疑，存在不同类型的爱，但每一种都只有是和否两个结论。

她这个人，明明眼前摆着一条容易的出路，却总是偏选难的道走。眼前的情况，容易的出路是和汉克[①]结婚，让他辛勤工作养她。几年后，等小孩长到齐腰高，那个她本该嫁的男人出现了。会有心灵的求索、狂热和焦灼，在邮局台阶上长久的对视，还有带给所有人的痛苦。控诉和高尚的情操终将殆尽，剩下的只是又一桩不光彩的风流韵事，伯明翰乡村俱乐部[②]式的套路，一个自我构建的个人地狱，内带西屋牌最新款的家用电器。汉克不该遭受那样的命运。

不。目前，她仍会沿着无情的老处女道路坚定不移地走下去。她开始不失颜面地求和：

① 亨利·克林顿的昵称。

② 一所提供全方位服务的高级运动俱乐部，位于亚拉巴马州伯明翰市。

“亲爱的，对不起，实在对不起。”她说。这是真心话。

“没关系，”亨利说，并拍了她的膝盖一掌，“只是有时我真想杀了你。”

“我知道我很可恨。”

亨利望着她。“你是个异类，甜心。你掩饰不了。”

她望着他。“你在说什么？”

“这个，一般说来，大多数女子，在得手以前，会对她们的情郎摆出一张和悦的笑脸。她们隐藏自己的想法。要知道，你感觉自己可恨时，你确实很可恨，宝贝。”

“让男人能够看清他自投的是个什么罗网，那岂不更公平些？”

“对，可你没发觉，那样的话，你永远都虏获不了一个男人的心吗？”

她没吱声，没有把再明白不过的事实说出来。她说：“我该怎么做才能当一个狐狸精呢？”

亨利对他的话题来了劲儿。三十岁的他，好为人师，也许因为他是律师的缘故。“首先，”他不动声色地说，“管好你的嘴。别和男人争辩，尤其是在你知道你能击败他的情况下；多微笑；使男人感觉自己高大伟岸，告诉他，他是多么出色，并服侍他。”

她露出灿烂的微笑，说：“汉克，我同意你讲的每一句话。你是我多年来见过的最富洞察力的人，你身高一米九五，可以让我为你点支烟吗？感觉如何？”

“恶心。”

他们恢复了友谊。

2

阿迪克斯·芬奇把左侧的袖口拉出来，随后又谨慎地塞了回去。一点四十。有些日子，他戴两块表——今天，他就戴了两块，一块是早年伴他的孩子成长的古董怀表，另一块是腕表。前者是习惯，后者是在他手指活动不便、伸不进表袋时用来看时间的。在上年纪之前，他高大魁梧，关节炎使他缩成了中等身材。上个月，他七十二了，可在琼·露易丝心中，他一直徘徊在五十五岁上下——她记不起他更年轻时的模样，他也似乎从未变老。

在他坐的椅子前面，立着一个钢质的乐谱架，架子上放的是《阿尔格·希斯的奇怪案例》。阿迪克斯微微前倾，以便更清楚地表达他对正在读的内容的不满。陌生人不会从阿迪克斯的脸上看出气恼，因为他很少流露这种情绪，然而，阿迪克斯的朋友却能预料，他马上就会发出一声冷冷的“哼嗯”：他的眉毛上扬，嘴抿成一道有趣的细线——这是个信号。

“哼嗯。”他说。

“什么，亲爱的？”他的妹妹问。

“我不明白，一个这样的人，怎么有脸向我们阐述他对希斯一案的观点。这就好比是费尼莫尔·库珀[1]在写韦弗利系列小说[2]。”

“为什么，亲爱的？”

“他幼稚地坚信公务员刚正不阿，他似乎认为国会的地位相当于贵族。对美国的政治一窍不通。”

他妹妹端详着那本书的护封。“我对这个作者不熟，”她说，从而宣判了这本书的死刑，“好啦，别担心，亲爱的。他们是不是该到了？”

“我不是担心，山德拉。”阿迪克斯瞥了一眼他的妹妹，心中觉得好笑。她是个不可理喻的女人，不过与她为伴总比看着琼·露易丝日复一日郁郁寡欢地杵在家里强。他的女儿郁郁寡欢时便坐立不安，烦躁地来回打转，而阿迪克斯喜欢他身边的女人轻松自在，而不是忙不迭地倒烟灰缸。

他听见有车转入家里的车道，然后是砰砰两声关门声，接着是前门砰地关上了。他用脚小心地把乐谱架从他面前推开，想要不用手撑着直接从很深的扶手椅里站起来，但是失败了；他又试了一次，这一次他成功了。他才站稳，琼·露易丝就已

---

① 詹姆斯·费尼莫尔·库珀（James Fenimore Cooper，1789—1850），美国作家，其关于拓荒者与印第安人的历史小说开创了一种独特的美国文学形式。

② 《韦弗利》是英国作家沃尔特·司各特的一部历史小说，也是公认的第一部具有西方传统的历史小说。小说大为流行，以至于司各特在同一时期创作的类似题材的小说被统称为“韦弗利系列小说”。

经走到了他跟前。他承受住她扑来的拥抱，并竭力去回抱她。

“阿迪克斯——”她说。

“把她的手提箱拿到卧室去吧，辛苦你了，汉克，”阿迪克斯探过她的肩膀说，“谢谢你去接她。”

琼·露易丝又转身去亲姑姑，却没亲到。她从包里拿出一盒烟，朝沙发丢去。“风湿病怎么样了，姑姑？”

“好一些了，乖宝贝。”

“阿迪克斯呢？”

“好一些了，乖宝贝。你一路顺利吗？”

“很顺利。”她瘫倒在沙发上。汉克完成任务后回来，说“往那儿坐坐”，然后在她旁边坐下了。

琼·露易丝打了个哈欠，伸了个懒腰。“有什么新闻吗？”她问，“这些日子，我唯一的消息来源就是《梅科姆论坛》报，在字里行间搜寻言外之意。你们大家从不写信告诉我任何事。”

亚历山德拉说：“你知道埃德加表叔的儿子死了的事吧？真是太让人伤心了。”

琼·露易丝看见亨利和她父亲交换了一个眼神。阿迪克斯说：“有一天下午，他回宿舍晚了，刚参加完橄榄球训练。他把兄弟会的冰柜洗劫一空，还吃了一打香蕉，用一品脱威士忌酒灌了下去。一小时后他就死了。根本没什么可让人伤心的。”

琼·露易丝说：“嚯哟。”

亚历山德拉说：“阿迪克斯！你知道他是埃德加的心头肉。”

亨利说：“那才糟糕呢，亚历山德拉阿姨。”

"埃德加表叔还在追求你吗，姑姑？" 琼·露易丝问，"看来，十一年后，他会向你求婚哦。"

阿迪克斯扬起眉毛以示警告。他目睹女儿心中的魔鬼现身，操控着她：她的眉毛扬了起来，和他一个样，眉毛下方耷拉着眼皮的眼睛圆睁，嘴巴一角杀气腾腾地上扬。当她露出这副模样时，唯有上帝和罗伯特·勃朗宁知道她可能讲出什么话来。

她的姑姑奋力申辩："搞清楚，琼·露易丝，埃德加是你父亲和我的嫡亲表弟。"

"事到如今，这应该没多大影响了，姑姑。"

阿迪克斯赶紧发问："你走时，那座大城市有什么情况？"

"眼下，我想了解的是这座大城市。你们俩从不写信告诉我一点秘闻。姑姑，我指望着你在十五分钟里把一年的新闻讲给我听。"她轻拍亨利的臂膀，更多的是为了阻止他开口和阿迪克斯谈工作的事。亨利把这理解为含情之举，也轻轻拍了拍她的胳膊作为回应。

"这个——" 亚历山德拉说，"嗯，你想必已经听说了梅里威瑟夫妇的事。真叫人心痛至极。"

"怎么了？"

"他们分了。"

"什么？" 琼·露易丝讶异地说，"你是指分居吗？" 她是真的很惊讶，完全不是装出来的。

"是的。"她的姑姑点点头。

她转向她的父亲。"梅里威瑟夫妇？他们结婚多久了？"

阿迪克斯望着天花板，回忆着。他是个严谨的人。“四十二年，”他说，“我参加了他们的婚礼。”

亚历山德拉说：“有阵子他们来做礼拜时，会分开坐在听众席的两侧，从那时起，就有苗头了。”

亨利说：“他们连续几个星期天彼此之间都怒目而视……”

阿迪克斯说：“下一步，你知道，就是他们走进事务所，请我帮他们办离婚。”

“你办了吗？”琼·露易丝望着父亲问。

“我办了。”

“以什么理由？”

“通奸。”

琼·露易丝难以置信地摇摇头。天哪，她想，一定是吃错药了——

亚历山德拉的话音打断了她的沉思：“琼·露易丝，你是穿着这身打扮坐火车来的吗？”

她猝不及防，愣了一下才明白过来，姑姑说的这身打扮是指什么。

“噢——是的，”她说，“不过等一等，姑姑。我离开纽约时穿了长筒袜，戴了手套，穿了鞋。我是过了亚特兰大后才换上这身的。”

她的姑姑对此嗤之以鼻。“我真心希望，这次，在你回来的这段时日里，你能尽量穿得体面些。镇上的人对你有些误解，他们认为你——哎——生活在贫民窟里。”

琼·露易丝心头一沉。这场百年战争已快走到它的第二十六个年头了，完全没有结束的迹象，最多也就是断断续续的勉强休战。

“姑姑，”她说，“我以前回家，两个星期就是坐着，实实在在地干坐着。我看从头到尾我都没机会踏出这屋子半步。一整年我都在绞尽脑汁——”

她起身朝壁炉走去，怒气冲冲地瞪着壁炉架，然后转过身来。“就算消除了梅科姆人的这个印象，他们也会生出别的印象。他们肯定不习惯看见我穿得一本正经。”她的话音平缓了下来，“瞧，假如我突然衣冠齐楚地出现在他们面前，他们会说那是我去了纽约的缘故。现在你提出说，我要是穿着休闲裤到处溜达，他们会觉得我不在乎他们的想法。我的天，姑姑，梅科姆镇知道我只穿背带裤，一直穿到我开始倒霉为止——”

阿迪克斯忘了自己的手有毛病。他弯下腰，想去系那已系得异常妥帖的鞋带，起身时绷着脸，满脸通红。“够了，斯库特，”他说，“向你姑姑道歉。别一回家就开始吵架。”

琼·露易丝冲她父亲微微一笑。在批评女儿时，他总是用回她童年时的昵称。她叹了口气。“对不起，姑姑。对不起，汉克。我感到很压抑，阿迪克斯。”

“那就回纽约，去过你无拘无束的日子。”

亚历山德拉站了起来，抚平鲸骨裙撑上的衣料。“你在火车上吃过饭了吗？”

“吃过了。”她撒了个谎。

“那么要喝咖啡吗？”

“请给我来一杯吧。”

“汉克呢？”

“好的，夫人，请给我来一杯。”

亚历山德拉没有征询她哥哥的意见便离开了房间。琼·露易丝说：“还是没有学会喝咖啡吗？”

“没有。”她的父亲说。

“威士忌也不喝？”

“不喝。”

“香烟和女人呢？”

“没有。”

“近来你有什么乐子吗？”

“我自有办法。”

琼·露易丝用手做了一个高尔夫握杆的动作。“这个行吗？”她问。

“不关你的事。”

“你还能使轻击杆吗？”

“能。”

“就一个瞎子而言，你以前打得还算不赖。”

阿迪克斯说：“没有一点毛病，我的——”

“没有，你只是看不见而已。”

“你愿意证明一下你的话吗？”

“没问题。明天三点，可以吗？”

“可以——不行。我有一个会要开。星期一怎么样？汉克，我们星期一下午有安排吗？”

汉克动了一下。“没有，除了那份抵押契据一点送来。处理时间不会超过一小时。”

阿迪克斯对女儿说：“那么，我就听候你的差遣。从你的样子看，娇小姐，就是盲人带瞎子，半斤八两。”

琼·露易丝从壁炉旁拾起一根发黑的木柄轻击杆，多年来一直身兼二职，充当拨火棍。她把装在一个古色古香的痰盂里的东西倒了出来，是高尔夫球。她把痰盂倒在地上，把高尔夫球踢至客厅中央，就在她将球轻击回痰盂里时，她姑姑回来了，端着放了咖啡、杯碟和蛋糕的托盘。

“你、你父亲和你哥哥，”亚历山德拉说，“把地毯糟蹋得惨不忍睹。汉克，我来帮他打理这个家时，做的第一件事就是把它染成尽可能深的颜色。你还记得它以前是什么样吗？哎哟，从这儿到壁炉有一道黑的，怎么也除不掉……”

汉克说：“我记得，夫人。这里面恐怕也有我的功劳。”

琼·露易丝把轻击杆推回火钳旁，收起高尔夫球，朝痰盂投去。她坐在沙发上，望着汉克捡回滚开去的球。我永远看不厌他忙活的样子，她心想。

他走回来，以骇人的速度喝下一杯滚烫的咖啡，然后说：“芬奇先生，我得走了。”

“等等，我和你一起走。”阿迪克斯说。

“身体吃得消吗，先生？”

“没问题。琼·露易丝，”他忽然说，“南部这儿的情况，有多少上了报纸？”

“你指政治方面吗？这个，每次州长言行失检时，都会见诸小报，但除此之外，就没有了。”

“我指的是最高法院想名垂千古的图谋。”

“哦，那个啊。嗯，《纽约邮报》的说法是，我们对他们动用私刑；《华尔街日报》不予置评；《纽约时报》则致力于为后人尽责，令人厌烦至极。除了罢乘公共汽车和密西西比的那桩事以外，我没有关注别的。阿迪克斯，州政府没有给那件案子定罪，是我们自皮克特冲锋战[①]以来最严重的失误。”

“对，的确如此。那些报纸一定拿这个大做文章吧？”

“他们都疯了。”

“全国有色人种协进会呢？”

“我对那帮人一无所知，只是有个不明就里的办事员，去年给我寄了一些全国有色人种协进会的圣诞防痨邮票，所以我寄回家的每张贺卡上贴的都是那个。埃德加表叔有收到吗？”

“他收到了，他还出了几个主意，建议我应该怎么处置你。”她的父亲笑得合不拢嘴。

“比如什么？”

---

① 美国南北战争中由南军统率李将军在葛底斯堡之战的最后一天针对北军驻守的墓地岭发动的骑兵攻击，在南军少将皮克特的带领下，七千名南军士兵冲向北军阵线，成为北军炮火完美的目标，几乎全军覆没，成为最血腥的一场攻击。

“我应该去纽约，抓着你的头发，用鞭子抽你一顿。埃德加一直对你颇有微词，说你太我行我素……”

“自命不凡的老鲶鱼，一点幽默感都没有。他就是那副德性：这儿、这儿有胡须，一张鲶鱼嘴。我估摸，在他看来，我独自生活在纽约，就等于生活在罪恶的深渊。”

“差不多。”阿迪克斯说。他艰难地从扶手椅里站起来，示意亨利准备出发。

亨利转向琼·露易丝。“七点三十，宝贝？”

她点点头，然后用眼角余光看着她的姑姑。“我穿休闲裤可以吗？”

“不行，女士。”

“干得漂亮，汉克。”亚历山德拉说。

3

毋庸置疑，亚历山德拉·芬奇·汉考克从任何角度看都威风凛然；她的后背和前胸一样挺立不屈。琼·露易丝经常好奇，却从未问过，她的紧身衣是哪里买的，能把她的胸撑到令人晕眩的高度，把她的腰勒得紧紧的，使她的臀部向外张开，得意洋洋地向人昭示，她亚历山德拉曾有过沙漏一般的身材。

在她所有的亲戚中，父亲的妹妹简直令琼·露易丝一辈子都恨得牙痒痒。亚历山德拉从不主动苛待她——她从不苛待任何活的生物，除了啮食她杜鹃花的兔子——她毒死了这些兔子，但在她年轻时，在她能腾出手来时，她用自己的方式把琼·露易丝的生活搅得痛苦不堪。现在琼·露易丝已经长大了，她们之间聊不到十五分钟，必有一方会提出与对方水火不容的观点——在朋友之间，这种观点能增进友谊，但在很近的血亲之间，造成的只有尴尬的热忱。当她们相隔半个美洲大陆时，姑姑身上有诸多琼·露易丝暗中欣赏的特性，可一旦两人发生近距离接触，这些优点便变得让人讨厌，如果琼·露易丝去深究其动机，这些所谓的优点更是烟消云散了。亚历山德拉属于那类活了一辈子都没吃过亏的人，倘若有生之年她被迫付过什么感情账，琼·露易丝可以想象她会赖在天堂办理入住手续的柜台旁，要求退款。

亚历山德拉结婚三十三年，即使这段经历给她刻下了这样或那样的印记，她也丝毫没表露出来。她生了一个儿子，名叫弗朗西斯，在琼·露易丝的眼里，他的样貌和举止都像一匹马，他早就离开了梅科姆，在伯明翰卖保险，很是风光。这样也好。

亚历山德拉曾经、并从技术层面上讲依旧是詹姆斯·汉考克的妻子。此人体格壮硕，性情温和，一周七天中有六天一丝不苟地经营一间棉花仓库，第七天用来钓鱼。十五年前的一个星期日，他派一个黑人男孩从他位于滕萨斯河畔的钓鱼营地捎信给妻子，说他就在那儿住下了，不回来了。亚历山德拉在确认并无别的女人牵扯在内后，对此完全不在乎。弗朗西斯选择把这一变故化为他终生背负的十字架；他始终不理解他的舅舅阿迪克斯为何仍与他父亲保持优良但疏远的关系——弗朗西斯认为阿迪克斯应该想想办法，也想不通他的母亲为何没被他父亲古怪、因而不可原谅的行为击垮。吉米姑父闻悉弗朗西斯的态度，又从林中捎来一封信，说假如弗朗西斯想来毙了他，他做好准备，随时恭迎，但弗朗西斯一直没去。最终，弗朗西斯收到了第三封信，即：*假如你不愿像个男人一样地来找我，就给我闭嘴*。

吉米姑父的变节没有在亚历山德拉平淡乏味的天地里激起

一丝波澜：她为传道会准备的点心仍是全镇最棒的；她在梅科姆三个文化俱乐部里参加的活动数量稳步上升；当阿迪克斯想方设法让吉米姑父拿出钱来后，她收藏的乳白玻璃制品更上了一个档次。简而言之，她鄙视男人，却享男人的福。然而她没有注意到，她的儿子逐渐显现出断袖之癖所有的潜在特质——她只知道，她很高兴他住在伯明翰，因为他对她的孝心沉重难当，她便有义务勉力做出回报，而那是她无法自觉自愿做到的。

然而，就在梅科姆镇居住并参与其生活的各色人等而言，像亚历山德拉这样的已经绝种：她的仪态举止出自望族、闺阁；任凭出现什么道德训诫，她都赞成支持；她看不惯一切；她是个无可救药的长舌妇。

在亚历山德拉就读淑女学堂的时代，没有一本教科书上提到过“自我怀疑”这件事情，所以她也不明白这个词的含义；她永不厌倦，只要有一丝机会，她便会行使她那帝王一般的特权：去安排，去建议，去训诫，去警告。

她浑然不知，她一嚼舌头，便可能使琼·露易丝陷入道德错乱，让她的这个侄女对她本人的动机和由衷的好意起疑，拨动琼·露易丝良心上新教徒的、凡俗的弦，如齐特琴般震颤，发出幽灵般的鸣响。倘若亚历山德拉真是有意识地抓住琼·露易丝的弱点不放，那她的腰带上应该会再添一块作为战利品的头皮，但经过多年的战术研究，琼·露易丝对她的敌人了如指掌，虽然可以将对方彻底击垮，却尚未学会如何修补敌人造成的伤害。

她上一次与亚历山德拉起冲突是在她哥哥过世时。杰姆的葬礼结束后，她们在厨房收拾宴席上同宗族人吃剩下的东西——宴请亲友是梅科姆葬丧习俗的一部分。卡波妮，芬奇家以前的厨娘，逃离了此地，在得知杰姆的死讯时也没回来。亚历山德拉像汉尼拔[①]似的开火："我切实认为，琼·露易丝，现在该是你回家的时候了，别再走了。你的父亲如此需要你。"

照长久以来的经验，琼·露易丝顿时怒火中烧。你骗人，她心想，假如阿迪克斯需要我，我定会知道；我没办法让你理解我是怎么知道的，因为我无法与你沟通。"需要我？"她说。

"是的，亲爱的。你肯定能理解，不需要我来告诉你。"

告诉我。安排我的命运。瞧你打的算盘，穿着你笨重的鞋子，涉足我们的私人领地。嗨，他还没和我讨论过这件事呢。

"姑姑，假如阿迪克斯需要我，那么，我会留下来。眼下他要是需要我，便如同自讨苦吃。我们同住在这片屋檐下，彼此都会很痛苦。他很清楚这一点，我也很清楚。你难道看不出来吗？我们需要回到出事以前的工作生活中去，否则我们的伤痛会恢复得慢得多。姑姑，我没办法使你明白，但说真的，我对阿迪克斯唯一能尽的本分是继续做手头的事——养活自己，过我自己的日子。阿迪克斯只有在身体不行时才需要我，我不必告诉你到时我会怎么做。你难道看不出来吗？"

不，她看不出来。亚历山德拉的看法与梅科姆人的看法一

---

① 汉尼拔（Hannibal，前 247—前 183），迦太基统帅。

致：梅科姆人期望每个女儿都尽她的本分。父亲鳏居，作为他唯一的女儿，在他唯一的儿子死后，她的职责很明确：琼·露易丝应该回来安家，照顾阿迪克斯——这是一个女儿应该做的事，不然的话就不配当女儿。

“你可以找一份银行的工作，周末去海边。现在梅科姆有一群可人儿，许多新来的年轻人。你喜欢画画，对吗？”

喜欢画画。见鬼，亚历山德拉以为她在纽约怎么打发晚上的时光？她大概觉得和埃德加表叔一样。“艺术学生联盟”，周一至周五，每晚八点。年轻女郎画素描、水彩，写凭空想象的小段散文。对亚历山德拉来说，画画的人和画家，写写文章的人和作家，两者存在显著而惹人嫌恶的差别。

“海边有许多漂亮的风景，周末你可以什么事都不干。”

耶和华。她在我伤心得快发疯时逮住我，为我铺好了人生大道。身为阿迪克斯的妹妹，她怎么能丝毫不了解他心里、我心里、任何人心里在想什么？哦，上帝，你为什么不给我们一张能给亚历山德拉姑姑解释清楚道理的嘴呢？“姑姑，告诉别人该做什么，那是很容易——”

“但要使他们付诸行动，十分困难。这就是这个世界上诸多纷争的起因，人们不照指示行动。”

显然这件事情已经决定了，没什么好说的了。琼·露易丝要留下来。亚历山德拉会把这个好消息告诉阿迪克斯，使他成为世界上最幸福的人。

“姑姑，我不会留下来，倘若我留下来，阿迪克斯会成为世界上最悲惨的人……不过别担心，阿迪克斯完全理解，而且我确信，只要你迈出第一步，你也会得到梅科姆人的理解。”

刀子捅得很深，突如其来：“琼·露易丝，你哥哥至死那天都在为你的轻率而操心！”

此时，在炎热的傍晚，他的坟头正下着细雨。你从未说过这话，你甚至从未有过这样的想法；如果你有这样的想法，你一定会说出来。你就是这样的个性。愿你安息，杰姆。

她在往伤口上抹盐：我很轻率，没错。自私，任性，我吃得太多，我的罪状列出来就像《公祷书》[①]。愿上帝宽恕我没有做我应该做的事，宽恕我做了我本不该做的事——哦，该死。

她返回了纽约，良心上极度不安，连阿迪克斯也无法宽解。

这是两年前的事了，琼·露易丝早就不再为自己的轻率自私而感到不安了。亚历山德拉做了一生中唯一一件厚道的事——阿迪克斯患上关节炎后，她搬来与他同住。琼·露易丝为此消除了对她的敌意，感激得五体投地。假如阿迪克斯知晓他妹妹和他女儿之间的秘密决定，他永远也不会原谅她们。他不需要任何人陪在身旁，但能有个人在旁边照看他，在他的手动不了时为他扣衬衫，并为他操持家务，还是很好的。六个月前，这一直是卡波妮的工作，但她年纪太大了，到头来阿迪克斯干的家务比她多，因而她光荣退休，返回了自己的住所。

---

① 《公祷书》（*The Book of Common Prayer*），圣公会的祈祷用书，是协助信徒使用和理解《圣经》的辅助典籍。

“那些活交给我吧，姑姑，”在亚历山德拉收拾咖啡杯时，琼·露易丝站起来伸了个懒腰说，“这样坐着教人犯困。”

“就这几个杯子，”亚历山德拉说，“我一会儿就能洗完。你待着别动。”

琼·露易丝站在原地，环视客厅。以前的旧家具放在新屋里正合适。她朝餐厅瞥去，看见餐具柜上放着沉重的银水罐、高脚杯和在嫩绿色墙壁映衬下闪闪发亮的托盘，这些都是她母亲的东西。

阿迪克斯是个不可思议的人，她心想。在人生的一个篇章告一段落之际，他把旧屋拆了，在小镇一块新的地上盖了一栋新屋。我做不到。人们在旧屋的原址上建了一家冰激凌店。不知道是谁在经营这家店。

她走进厨房。

“对了，纽约怎么样？”亚历山德拉问，“在我把咖啡渣倒掉前，要再来一杯吗？”

“好的，请给我再来一杯。”

“哦，顺便告诉你，星期一上午我将为你举办一场咖啡茶会。”

“姑姑！”琼·露易丝抱怨道。咖啡茶会在本质上格外具有梅科姆特色。那是为返乡回家的姑娘举办的。这些姑娘于上午十点三十分准时登场亮相，专门为了让仍在梅科姆过着与世隔绝生活的同龄女子能有机会考察她们。在这样的情形下，鲜少能重续孩提时的友谊。

琼·露易丝几乎与每个一起长大的同伴失去了联系，也不是特别希望找回青春期的友伴。她的学生时代是她最痛苦的时光，她对她所上的女校感情淡漠到麻木的地步，没有比让她置身于一帮不停念叨记得以前如何如何的人中间更令她不快的了。

“想到咖啡茶会，我觉得无比恐怖，”她说，“但我愿意办一个。”

“我猜到你会愿意，亲爱的。”

她突然心头一软，涌起感伤。她不知该怎么感谢亚历山德拉搬来与阿迪克斯住。她觉得自己是个不替人着想的小人，对她的姑姑冷嘲热讽。别看她有紧身褡撑着，但在某些方面，她手无寸铁，又有某种优雅的风范，和自己迥然不同。像她这样的人已经绝种了，琼·露易丝心想。她经历过三次大战，却从未被战争伤及；男士在门廊上或吊床里抽烟，女士轻轻打着扇子，喝着凉水——没有东西可以干扰这个属于她的世界。

“汉克情况怎么样？”

“他表现很出色，宝贝。你知道，他被基瓦尼斯俱乐部评为‘年度杰出人物’。他们颁给他一面可爱的锦旗。”

“什么？我不知道。”

基瓦尼斯俱乐部的“年度杰出人物”是战后梅科姆地区新创的头衔，一般指有为青年。

“阿迪克斯很为他感到骄傲。阿迪克斯说，他虽然尚未搞懂‘合同’一词的含义，但在税务方面做得不错。”

琼·露易丝咧嘴一笑。她的父亲说过，从法学院出来后，至少需要五年才能掌握法律：两年处理经济事务，两年学习亚拉巴马诉讼，第五年重读《圣经》和莎士比亚。这样，无论遇到什么情况，都能做到胸有成竹，屹立不倒。

“要让汉克做你的侄女婿，你觉得怎么样？”

亚历山德拉之前在用洗碗布擦手，听了这话，停了下来。她转过身，严厉地看着琼·露易丝。“你是说真的？”

“也许吧。”

“别着急，宝贝。”

“着急？我二十六岁了，姑姑，我认识汉克已经好多好多年了。”

“没错，可是——”

“怎么了，你觉得他不好吗？”

“不是这个问题，问题是——琼·露易丝，和男孩约会是一回事，但嫁给他是另一回事。你必须全盘考虑。亨利的背景——”

“说实在的，和我的一模一样。我们是手挽手一起长大的，简直是形影不离。”

“他们家有嗜酒的天性——”

“姑姑，每户人家都有嗜酒的天性。”

亚历山德拉的背绷直起来。“芬奇家没有。”

“你说得对。只不过我们全是疯子。”

“没那回事，你很清楚。”亚历山德拉说。

“别忘了，约书亚表叔脑子不正常。”

“你知道，他的病是从姻亲那儿得来的。琼·露易丝，在这个县里，没有小伙子比亨利·克林顿更优秀。他会成为某个姑娘的如意郎君，但——”

“但你就是认为克林顿不够好，配不上芬奇家。亲——爱的姑姑，这种观念随法国大革命灰飞烟灭了，也有可能是随法国大革命兴起了，我忘记是哪个了。”

“我完全不是这个意思。只是，在这样的事情上，你应该慎重。”

琼·露易丝面带微笑，她的防御系统整装待发了。又来了。天哪，我为什么竟然要提起这事？她会追悔莫及的。亚历山德拉姑姑，要有机会的话，会从野叉河畔为亨利挑选一个如小母牛般温良、清白的姑娘，给这对眷侣送上她的祝福。那是亨利应有的人生。

“哟，我不知道你能做到多么慎重，姑姑。阿迪克斯会欣然接受汉克与我们正式成为一家人。你知道，那会把他高兴坏的。”

他一定会的。一直以来，阿迪克斯·芬奇看着亨利煞费苦心地追求他的女儿，保持慈爱的中立态度，在亨利开口时给出建议，但断然拒绝介入其中。

“阿迪克斯是男人。他对这些事了解不多。”

琼·露易丝的牙开始痛起来。“什么事，姑姑？”

“是这样，琼·露易丝，假如你有一个女儿，你会怎么为她打算？自然必须是最好的打算。你似乎没有体会到，许多像你这个年纪的人似乎都没有体会到——有这么个小伙子，他的父亲抛妻弃子，醉醺醺地死在了莫比尔市的铁轨旁，当你得知自己的女儿要嫁给这么个人时会是什么心情？卡拉·克林顿是个好人，她的一生悲惨潦倒，这令人扼腕，可是要考虑嫁给这种背景的人，那可不是儿戏。”

那的确不是儿戏。琼·露易丝看见那副架在一张臭脸上的金丝边眼镜泛起一道闪光，脸的上方盖着一顶歪歪扭扭的假发，一双眼睛从眼镜后面望着她，一根骨瘦如柴的手指颤抖着。她说：

> “先生们——问题就出在酒上；
> 你们请求赐教——我的答复如下：
> 他说，喝醉时，他会对她拳脚相加，
> 先生们，让我们把他灌醉，一试究竟！”①

亚历山德拉不觉得好笑。她极为恼火。她无法理解现今年轻人的态度。并不是说他们需要理解——每一代年轻人都一样——但这种骄傲自大、不肯严肃对待人生重大议题的态度激怒和惹恼了她。琼·露易丝即将犯下她人生中最严重的错误，而她却油腔滑调地向她引用那些人的台词，嘲弄她。这姑娘实在需要有个母亲。自她两岁以来，阿迪克斯就对她放任不管，瞧他得到的报应。现在，她得拨乱反正，并且上纲上线，以免为时晚矣。

---

① 出自英国剧作家、诗人、插画家威廉·施文克·吉尔伯特（William Schwenck Gilbert，1836—1911）和作曲家阿瑟·苏利文（Arthur Sullivan，1842—1900）合作的独幕喜剧《陪审团的审判》（*Trial by Jury*），该剧以一个违背婚姻诺言的故事讽刺了当时的法官与法律制度。

“琼·露易丝，”她说，“我想提醒你几个人生的真相。不要——”亚历山德拉伸出手不让她开口，“我很确信，这些事实你早已明了，但有几样，你在耍嘴皮子取笑别人时并没有认识到，感谢上帝，让我来告诉你。你整日生活在城市里，单纯得像一张白纸。无论现在还是将来，亨利都不适合你。我们芬奇家的人不和红脖子的白人败类结婚，亨利的父母正属此类，他们生来是，一辈子都是。你对他们不可能有更体面的称呼。亨利之所以有今天的表现，全是因为你父亲在他年少时就接手管教他，因为战争爆发，出钱供他上大学。他虽然是个优秀的孩子，但洗刷不了败类的本性。

“你没注意到过，他吃蛋糕时舔手指的动作吗？败类。你没见过他咳嗽时不捂着嘴吗？败类。你知不知道他上大学时搞大了一个女生的肚子？败类。你没瞧见他在以为无人注意时抠鼻子吗？败类——”

“姑姑，那不是他的败类本性，那是他的男子气概。”琼·露易丝平和地说。内心，她的火在燃烧。再给她几分钟，她估计能努力恢复成好脾气。姑姑绝不可能粗鄙失态，就像我马上要发作的那样；她绝不可能平凡庸俗，就如汉克和我一样。我不知道她到底是个什么怪物，但她最好打住，否则我会给她点颜色瞧瞧——

“顶顶恶劣的是，他以为他可以仰仗你父亲的提携在这镇上出人头地。想得美，试图取代你父亲在循道宗教会的职位，试图接管他的律师事务所，开着他的车满世界跑。嗨，他的一举一动，仿佛已然把这儿当作了他自己的家，而阿迪克斯的反应呢？他默许了这一切，这就是他的反应。默许，并欣然接受。哎，全梅科姆的人都在议论，亨利·克林顿夺占了阿迪克斯所拥有的一切——”

琼·露易丝之前一直在用手指抚弄水池里一个湿杯子的杯口，听了姑姑这番话，她停了下来。她把一滴水从手指弹到地上，用鞋子蹭了几下，让水渍渗进油地毡里。

“姑姑，”她亲切地说，“你为什么不见鬼去呢？”

琼·露易丝和她父亲之间每周六晚奉行的惯例，老得不容打破。琼·露易丝走进客厅，站在他的椅子前。她清了清喉咙。

阿迪克斯放下《莫比尔纪事》，看着她。她缓缓地转过身去。

“我的拉链都拉好了吗？长筒袜的缝合线直吗？有头发翘着没压平吗？”

“七点，一切妥帖。”阿迪克斯说，“你先前咒诅了你的姑姑。”

“我没有。”

“她告诉我，你有。”

“我有出言不逊，但我没有咒她。”在琼·露易丝和她哥哥小时候，阿迪克斯偶尔要他们严格区分单纯的脏话和亵渎上帝的言语。前者是他可以容忍的，但他不喜欢把上帝扯进来。因此，琼·露易丝和她哥哥从未在他面前讲过咒诅的话。

“是她激怒了我，阿迪克斯。”

“你就不该被她激怒。你对她说了什么？”

琼·露易丝告诉了他。阿迪克斯眉头一皱。“哎，你最好与她言和。宝贝儿，她有时盛气凌人，不可一世，但她心地是好的——”

“是关于汉克，她把我气疯了。”

阿迪克斯是个聪明人，所以他没有把话题继续下去。

芬奇家的门铃是一件能通灵的乐器，它可以显示出每个按门铃者的心情。当门铃发出“滴——叮”的声音时，琼·露易丝知道是亨利在门外愉快用力地按着。她赶忙朝门口走去。

当他步入走廊时，她闻到他身上散发着幽微男子气概的宜人气味，混合了剃须膏、烟草、新车和积满灰尘的书的美好气息，却被厨房对话的记忆驱散了。她突然用手臂环住他的腰，把头紧靠在他的胸膛上。

“这是什么意思？”亨利欣喜地说。

“没什么意思，什么意思都有。我们走吧。”

亨利从拐角处探头瞟了一眼客厅里的阿迪克斯。“我会及早送她回来的，芬奇先生。”阿迪克斯朝他轻轻摇了摇报纸。

他们步入屋外的夜色中，琼·露易丝很好奇，假如亚历山德拉知悉她的侄女生平从未像此刻一样，离嫁给败类只差一步，她会怎么做。

第 二 部

4

亚拉巴马州的梅科姆镇，其地理位置要归功于一位姓辛克菲尔德的人的随机应变。此人在该县诞生之初经营一家客栈，地处两条羊肠小道的交会处，是这地界上唯一的一家酒店。当时的州长威廉·怀亚特·比布，为促进这个新建县的安定祥和，派遣了一个测量队来测定县的正中心，作为行政首府的所在地——若不是辛克菲尔德为保住他的土地财产而做出的壮举，梅科姆镇本该坐落在温斯顿沼泽中央，那是一个一无可取的地方。

结果大相径庭，梅科姆镇最终以辛克菲尔德的酒店为中心向四周发展并向外延伸，因为那天晚上，辛克菲尔德灌醉了那些测量员，骗他们拿出地图和图表，这儿减一点，那儿加一点，把该县的中心调整至符合他要求的位置。第二天，他送测量队上路，鞍囊里装着他们的图表和五瓶私酿好酒——每人两瓶，余下一瓶呈送给州长。

琼·露易丝从来没有想明白，辛克菲尔德的计谋是否明智。他把新建的市镇置于离河二十英里的地方，而在当时，河船是唯一的公共交通工具，住在县南头的人，需要在路上花两天时间才能抵达梅科姆镇买东西。所以一百五十多年来，该镇的规模始终未变。它存在的主要目的是行政。由于专业人员比例较高，梅科姆镇才没有沦为又一个破破烂烂的亚拉巴马小镇。人们去梅科姆镇拔牙，修车，让医生听听心跳，存钱，给骡子看病，设法拯救自己的灵魂，延长抵押贷款。

新来的人鲜少去那儿居住生活，永远都是那么几家人在通婚，直至关系缠结得无望理清，以至于后来整个社区的人们都长得有几分相像。在第二次世界大战以前，琼·露易丝几乎与镇上的每个人都沾亲带故，不是血亲就是姻亲，但和梅科姆北半部的情况相比，这算小巫见大巫：那儿有个名叫老塞勒姆的社区，住着两家人，起先是各自独立、彼此分离的，但不巧，所冠的姓氏相同。坎宁安家的人和康宁安家的人互相通婚，直至两个姓氏的写法变成了无意义的空谈——空谈！除非有坎宁安家的人故意在土地所有权的问题上拿康宁安家的人寻开心，并闹上法庭。琼·露易丝唯一一次见到泰勒法官在公审中陷入无计可施的僵局便是在这样一桩纠纷中。吉姆斯·坎宁安做证，他的母亲偶尔在地契之类的文件上把姓氏拼成“坎宁安”，但她其实姓“康宁安”，她在拼写上一贯糊里糊涂，有时还坐在前廊上望着远方发呆。关于老塞勒姆居民的种种古怪行为，泰勒法官听了足足九个小时，最终以无谓的诉状为由拒绝立案，并宣布，既然双方当事人已经当众做了一番陈情，希望他们全都心满意足了。他们的确满足了，因为这本来就是他们想要的。

承蒙F. D. 罗斯福的关照，梅科姆镇直到一九三五年才有了第一条铺筑过的平坦街道，尽管如此，那条路准确来说也称不上一条像样的街道。不知为何，总统大人一口咬定从梅科姆小学前门至校舍与两道车辙交会处的一片空地需要改良，于是空地便得到了改良，可结果是孩子们磨破了膝盖皮，磕破了脑壳，原因是校长下令，任何人不得在铺好的路上玩手拉手甩人墙的游戏。就这样，州权的种子在琼·露易丝那代人的心中播下了。

第二次世界大战使梅科姆镇发生了变化：镇上退伍的青年，返乡时怀着千奇百怪的赚钱念头，急欲弥补失去的时光。他们把父母的房子油漆得花花绿绿的；他们把梅科姆镇的商店粉刷一新，竖起霓虹灯招牌；他们在以前的玉米田和松树丛里建造他们自己的红砖屋；他们毁掉了小镇原来的面貌。镇上的街道不仅铺筑过，而且有了名字（阿德琳大道，纪念阿德琳·克莱小姐），但老一辈镇民拒绝使用街名——汤普金斯广场旁的那条路足以让人辨明方向。战后，全县各地佃农家的年轻男子蜂拥向梅科姆镇，搭起火柴盒般的木头房子，成家立业。无人晓知他们靠什么为生，但他们的确找到了生计。倘若镇上的其他人承认他们的存在，他们能在梅科姆镇创造一个新的社会阶层。

虽然梅科姆镇的外观变了，人们住进了新房子，用着食品料理机，看着电视，但其实在胸口跳动的还是老梅科姆的那颗心。一个人可以随他的心愿将一切粉饰一新，竖起滑稽的霓虹灯招牌，但陈年的木材却承担着新加的负担，坚不可摧，屹立不倒。

“你不喜欢这里，是吗？”亨利问，“你进门时我看出了你的脸色。”

“保守地抗拒改变，仅此而已。”琼·露易丝说话时嘴里含着一口油炸虾。他们在梅科姆酒店的餐厅，坐在一张双人桌旁吃饭，椅子是铬合金的。空调机不断发出低沉的隆隆声，以彰显其干劲。“这里唯一让我喜欢的地方是，没有味道。”

一张长桌上摆满菜肴，弥漫着老房间发霉的气味和厨房的油烟味。“汉克，‘厨房里的热油’，那是什么来着？”

“嗯？”

“一个游戏还是什么的。”

“你指的是‘热豌豆’，甜心。那是跳绳游戏里的，他们飞快地摇绳子，想要把你绊倒。”

“不，那和捉人游戏有关。”

她记不起来了。在她临死之际，她可能会想起来，但此刻她的脑中只有淡淡闪过的牛仔布衣袖，一声短促的喊叫：“厨房里的热——油！”她想知道那只袖子是谁的，他怎么样了。他也许在外头一间新建的小屋里，抚养一家人。她有种奇特的感觉，时间与她擦身而过。

“汉克，我们去河边吧。”她说。

“你不会以为我们不去了，是吗？”亨利在冲她微笑。他也不知道为什么，但琼·露易丝去芬奇农场时，最像过去原来的她：她似乎从那儿的空气中吸入了某种东西——“你是一个集天使和魔鬼于一身的人。”他说。

“你电视看得太多了。”

“有时，我以为我就这样得到了你——”亨利做出握拳的动作，“而就在我以为我得到了你，紧握着你不放时，你却离我而去了。”

琼·露易丝扬起眉毛。“克林顿先生，依一个阅历丰富的女子之见，你的手说明了一切。”

“怎么了？”

她咧嘴一笑。“你不知道怎么抓住一个女人吗，亲爱的？”她搓搓想象中的平头，皱起眉说，“女人被喜欢她们的男人驾驭，同时又希望他们遥不可及，请你掌握这个诀窍。让她们感到无助，尤其是当你知道，她们能轻而易举独当一面时。千万别在她们面前怀疑自己，绝不能对她们说，你不理解她们。”

“讲得好，宝贝，”亨利说，“但我对你的最后一条建议有异议。我以为，女人喜欢让别人觉得她们不可捉摸、神秘莫测。”

“不，她们只是希望看上去不可捉摸、神秘莫测。当你穿过层层丝罗面纱后就会发现，这个世界上的每个女人，都想要一个强有力的男人，懂她如懂一本书，不仅是她的恋人，而且是那个‘保护以色列’[①]的他。很傻，是吧？”

“这么说，她想要的是一位父亲而不是丈夫。”

“可以这么讲，”她说，“就这一点而言，书上的话是对的。”

亨利说：“今晚你满腹经纶。这些都是从哪儿学来的？”

---

① 语出《圣经·诗篇》：“保护以色列的，也不打盹，也不睡觉。”

“因为生活在纽约的罪恶深渊。”她说着点燃一支烟，深深吸了一口，“这是我从观察麦迪逊大道上时髦的年轻夫妇中所悟到的——你知道那种语言吗，宝贝？有趣极了，但你得能领略其中的深意——他们例行一种部族式的闹剧，但那放之四海而皆准。起先是妻子，无聊得要死，因为她们的男人疲于奔命地赚钱，对她们不闻不问。但当他们的妻子开始抱怨时，这些男人不是努力去理解背后的缘由，而是去找一个同情他们的人哭诉。然后，当他们厌倦了唠叨自己的事后，便又回到了妻子身边，一切光明美好。但过了一段时间，这些男人又疲乏了，他们的妻子再度开始嚷嚷，又开始新一轮的循环。这个年纪的男人把另一个女人当作心理医生的沙发，而且支付的费用还少得多。”

亨利盯着她看。“我从未听过你如此嘲讽挖苦，”他说，“你是怎么了？”

琼·露易丝眨了眨眼。“对不起，亲爱的。”她摁灭香烟，“那全怪我，害怕因嫁错人而万劫不复——我指的是，不适合我的人。我和一般的女人没什么两样，那个不合适的男人会把我变成一个前所未有的嘶吼的悍妇。”

“是什么让你如此确定你会嫁错人？莫非你知道我长久以来一直是个虐打妻子的人？”

一只黑色的手递来一个托盘，里面放着账单。她觉得那只手很眼熟，便抬起头来。“嗨，阿尔伯特，”她说，“他们让你穿上大白袍了。”

“是的，女士，斯库特小姐。”阿尔伯特说，“纽约怎么样？”

“还行。”她说，心中纳闷梅科姆镇还有谁记得斯库特·芬奇，那个幼稚、胆大妄为、绝顶麻烦的捣蛋鬼。也许只有杰克叔叔，他有时当着别人的面，绘声绘色叙述起她童年时犯下的滔天大罪，无情地教她难堪。明天早晨，她将在教堂见到他，下午，她会去探望他，在那儿待上很久。杰克叔叔是梅科姆镇经久不衰的快乐源泉之一。

“为什么，”亨利不紧不慢地问，“你晚饭后喝第二杯咖啡时从不喝超过一半？”

她低头看看自己的杯子，感到十分惊讶。但凡提到她个人的怪癖，即便是出自亨利之口，都让她很难为情。敏锐的汉克注意到了这一点。他为什么等了十五年才告诉她？

5

她坐进车里时，头重重地撞在了车顶上。“该死的！他们为什么不把这玩意儿造得高一些，方便人上车？”她揉揉前额，直至回过神来。

“没事吧，亲爱的？”

“没事。我很好。”

亨利轻轻关上车门，走到另一边，坐进她旁边的位子。“在城市里生活得太久啦，”他说，“你在那儿从来没坐过轿车，对吗？”

“没有。过不了多久，他们就会把车顶削减至一英尺高了。明年我们就得趴着坐车了。”

“用大炮发射出去，”亨利说，“从梅科姆射到莫比尔，三分钟。”

“我只要一辆四四方方的老别克车就满足了。记得那车吗？座位离地面至少有五英尺。”

亨利说：“记得有一次杰姆从车里摔出去吗？”

她大笑起来。“他那把柄被我抓了好几个星期——谁在去巴克湾的途中从车上摔下来，谁就是缩头乌龟。”

依稀记得，以前阿迪克斯有一辆帆布顶的老式敞篷轿车。一次，他载着杰姆、亨利和琼·露易丝去游泳，路上，车子颠过一个特别糟糕的土包，把杰姆扔出了车外。阿迪克斯继续没事一般地往前开，直至他们抵达巴克湾为止，因为琼·露易丝故意不提醒父亲杰姆不见了，并抓着亨利的手指往后扳，不让他开口。他们到达溪边时，阿迪克斯转过身，欢呼：“集体下车！”笑容在他脸上凝固了：“杰姆呢？”琼·露易丝说，他应该马上就到。当杰姆喘着气出现时，他因被迫全速飞奔而大汗淋漓、满身污垢，直接从他们身边冲了过去，和衣跳进溪里。几秒钟后，一张杀气重重的脸浮出水面，喊道：“过来啊，斯库特！来较量较量啊，汉克！”他们接受了他的挑战，琼·露易丝一度以为杰姆会掐死她，但最终他还是放了她一马——阿迪克斯在场。

“他们在巴克湾上建了一家刨削木材的加工厂，”亨利说，“现在那儿不能游泳了。”

亨利把车驶到精而美小吃店前，按了按喇叭。“请给我们两套调酒用的杯子、冰块和苏打水，比尔。”他对出来招呼他们的年轻人说。

在梅科姆镇，有两种人：喝酒的和不喝酒的。喝酒的人，他们会走到车库后面，拿出一品脱酒，一饮而尽；不喝酒的人，在夜色的掩护下，到精而美小吃店，索要调酒用的杯子、冰块和苏打水——从未听说有人在家或和邻居一起在饭前或饭后小酌一两杯的。那属于喝群酒。那些喝群酒的人多半不是高贵的出身，而在梅科姆镇，没有人认为自己不是高贵的出身，所以不存在集体式的喝酒。

“把我那杯调得淡一些，亲爱的，”她说，“只要给水上点颜色就好。”

“你还没学会喝酒吗？”亨利说。他把手伸到椅子下，拿出一瓶棕褐色的施格兰七冠威士忌。

“烈酒不行。”她说。

亨利给她纸杯里的水加了点颜色。他为自己倒了豪迈的一杯，用手指搅拌，把瓶子夹在两膝之间，重新盖上盖子。他把酒塞到座椅下，发动汽车。

“我们出发啦。”他说。

汽车轮胎在柏油路面上发出嗡嗡声，令她昏昏欲睡。她最喜欢亨利·克林顿的一点是，在她不想说话时，他让她保持沉默。她不必费神取悦他。

当她处于这种状态时，亨利从不对她纠缠不休。他的态度属于阿斯奎斯自由派[1]，并且他知道她对他的耐心心怀感激。她不晓得他这个优点是从她父亲身上学来的。“放轻松，孩子，”阿迪克斯有一次告诉他，“不要逼她。让她照她自己的速度走。逼她的话，她会比全县所有的骡子都更难相处。”平日里，阿迪

---

① 赫伯特·阿斯奎斯（Herbert H. Asguith，1852—1928），英国政治家，自由党领袖，1908 年至 1916 年出任英国首相。

克斯几乎从不评价自己的女儿。

亨利·克林顿在大学法学院的同班同学皆是聪明而缺乏幽默感的年轻人，个个身经百战。竞争异常激烈，但亨利习惯了刻苦用功。虽然他能跟得上并成绩优异，但他在实际应用方面却不甚通达。阿迪克斯·芬奇的话没错，大学唯一使亨利受益的地方是让他和亚拉巴马未来的政客、煽动家和活动家们结为朋友。唯有到实际操作时，人们才开始对法律是怎么回事略知一二。例如，亚拉巴马和普通法的诉讼程序，这一科目本质上如此虚无缥缈，以至于亨利只能靠死记硬背课本才及格。教这门课的是个满腔怨愤的矮个子男人，是全校唯一一个有胆量尝试教这门课的老师，连他自己也没有完全领悟这门课的门道，不能融汇贯通。“克林顿先生，”当亨利斗胆质询一次格外含糊不清的测验时，他说，“你可以一直写，写到世界末日，那与我无关，但假如你的答案和我的答案不一致，那就是错的。错的，先生。”难怪在他们刚开始一起共事时，当阿迪克斯说，“诉讼不过是把你想说的话写在纸上”时，亨利一头雾水。阿迪克斯耐心、不露声色地把他的经验技巧（亨利平日已对这些经验技巧耳闻目睹，有所了解）悉数传授给了亨利，但亨利有时会很疑惑，他是否要等到阿迪克斯的年纪才能对法律驾轻就熟。*汤姆，汤姆，烟囱清扫工的儿子。*是那件陈年的财物寄托案吗？不，是首例埋藏物案：所有权继续有效，除真正的主人以外，任何新来者不得占为己有。那个男孩捡到了一枚胸针。他低头看看琼·露易丝。她在打盹。

他是琼·露易丝真正的主人，这一点他了然于心，从她朝他扔石头的时候起就是，一直都是——当她玩火药险些把自己的脑袋炸飞时；当她从后面跳起来扑到他身上，以一个肩下握颈的摔跤动作把他擒住，逼他说出“饶命”时；当她有一年夏天生病，神志不清，嚷着要找他、杰姆和迪尔时——亨利不知道迪尔人在何处。琼·露易丝大概知道，他们一直都有联系。

“亲爱的，迪尔现在在哪里？”

琼·露易丝睁开眼。“我上次听说他的行踪时，他在意大利。”

她一时间思绪翻飞。查尔斯·贝克·哈里斯。迪尔，她的知心好友。她打了个哈欠，望着车头蚕食公路上的那道白线。“我们到哪儿了？”

“还有十英里。”

她说：“已经能感觉到那条河了。”

“你肯定有一半鳄鱼的体质，”亨利说，“我就感觉不到。”

“‘两个脚趾的汤姆’，还在那附近吗？”

哪里有河，“两个脚趾的汤姆”就在哪里落脚。他是个天才：他在梅科姆底下挖地道，夜里吃人们养的鸡；有一次，他被人从迪莫波利斯追踪到滕萨斯。他的岁数和梅科姆县一样大。

“今晚我们也许会见到他。”

“你怎么想起迪尔来了？”她问。

“我不知道。就是想起了他。”

“你向来不喜欢他，不是吗？”

亨利微笑着。“我嫉妒他。他可以整个夏天尽情地与你和杰姆在一起，而我必须在走读学校放假后回家。家里没有一起嬉闹的伙伴。”

她没说话。时间停止，变向，悠悠地倒转。不知怎么的，那时，永远是夏天。汉克住在他妈妈那儿，不能来，杰姆只能凑合着找妹妹做玩伴。长日漫漫，杰姆十一岁，就是一个老套路：

他们在睡觉的门廊上，那是全屋最凉快的地方。从五月初至九月底，他们每晚都睡在那儿。从破晓起就躺在小床上看书的杰姆，冷不丁儿把一本橄榄球杂志戳到她面前，指着一张照片说：“这是谁，斯库特？”

“约翰尼·麦克·布朗。我们来玩演戏吧。”

杰姆朝她抖抖那页杂志。“那么这个人是谁？”

“你。”她说。

“行。去叫迪尔吧。”

迪尔不必叫。雷切尔小姐的花园里，卷心菜轻摇，房子后面的篱笆嘎吱作响，迪尔就在那儿与他们相聚。迪尔与众不同，因为他来自密西西比的默里迪恩，精通人情世故。他每年夏天都住在梅科姆镇他大姨妈家，就在芬奇家隔壁。他个子不高，身形魁梧，头发像团棉花，长了一张天使面孔，人却似白鼬般狡猾机灵。琼·露易丝比他小一岁，却比他高一个头。

“嘿，”迪尔说，“我们今天演《人猿泰山》吧。我来演泰山。”

“你不能演泰山。”杰姆说。

“我演简。”她说。

“哎，我可不想再演那头猿了，”迪尔说，“我每次都只能演猿猴。”

“那么，你想要演简吗？”杰姆问。他伸了个懒腰，穿上裤子说：“我们演汤姆·斯威夫特吧。我演汤姆。”

“我演内德，”迪尔和她异口同声地说。“不，你不行。”她对迪尔说。

迪尔的脸红了。“斯库特，你每次都非要挑第二好的不可。我从来没演过第二好的。”

“你想怎么着？”她客气地问，攥紧双拳。

杰姆说：“你可以演达蒙先生，迪尔。他一直都那么风趣滑稽，他最终救了所有的人。你知道，他总是保佑一切。”

“保佑我的保险单。”迪尔说，用大拇指钩住假想的吊裤带，“哦，好吧。”

“演哪一部呢？”杰姆问，“他的海上机场还是他的飞行器？”

“那些我都演烦了，”她说，“我们自己编一部吧。”

“行。斯库特，你演内德·牛顿。迪尔，你演达蒙先生。好，有一天，汤姆在他的实验室研制一台能透视砖墙的仪器，有个人走进来说：‘斯威夫特先生吗？’我演汤姆，所以我说：‘有事吗，先生？’”

“没有东西能透视砖墙。”迪尔说。

“这台仪器可以。反正，有个人走进来说：‘斯威夫特先生吗？’”

“杰姆，”她说，“要安排这个角色的话，我们需要再找一个人。要我跑去把贝内特叫来吗？”

“不用，这个人的戏不长，所以我只要口述他的部分就行了。故事总要有个开头，斯库特——”

此人的戏份是，通知年轻的发明家，一位才学非凡的教授在比属刚果失踪了三十年，是该有人设法把他找出来了。自然，他是来寻求汤姆·斯威夫特和他朋友的协助，汤姆赶紧抓住了这个探险的机会。

三人登上“他的飞行器”，那是许久以前他们用宽阔的木板搭建的，钉在楝树最粗重的枝条间。

“这上面热惨了，”迪尔说，“呼——呼——呼。”

“什么？”杰姆说。

“我说这上面离太阳那么近，热惨了。保佑我的长袖内衣。”

“你不能那么讲，迪尔。你飞得越高越凉快。”

“我推测是越热。”

“哎呀，不对。越高越冷，因为空气变得稀薄了。斯库特，该你了，你说：‘汤姆，我们去哪里？’”

“我以为我们要去比利时。”迪尔说。

“你得说‘我们去哪里’，因为那人告诉了我，他没有告诉你们，而我还没告诉你们，明白吗？”

他们明白了。

杰姆说明了他们的任务，迪尔讲：“既然他失踪了那么久，他们怎么知道他还活着？”

杰姆说："这人讲，他收到从黄金海岸发来的信号，威金斯教授——"

"假如他都和他取得了联系，怎么可能找不着他？"她说。

"因为他落到了一个杳无踪迹的部族手里，这个部落割取敌人首级作为战利品。"杰姆没有理会她，自顾自地继续说道，"内德，你有带X射线瞄准的步枪吗？现在你说有。"

她说："有，汤姆。"

"达蒙先生，你给飞行器储备了足够的供给吗？达蒙先生！"

迪尔身子一震，回过神来。"保佑我的擀面杖，汤姆。是的，长官！呼——呼——呼！"

他们在开普敦郊外做了一个三点式着陆，她告诉杰姆，他已经十分钟没给她任何台词了，假如他不给她台词，她就不再演下去了。

"行。斯库特，你说：'汤姆，刻不容缓。我们直奔丛林吧。'"

她说了。

他们绕着后院行进，披荆斩棘，偶尔停下，射杀一头走失的大象，或与一个食人族部落搏斗。杰姆领路。有时他高喊"退后"，他们便卧倒，伏在温热的沙地上。一次，他从维多利亚瀑布中救出达蒙先生，而她站在一旁，闷闷不乐，因为她唯一的工作就是拉住绑着杰姆的绳子。

不久，杰姆又吼道："我们快到啦，加油啊。"

他们向前朝车库冲去，假装那是一个割人头村。杰姆跪了下来，装作是个持蛇的游医。

“你在做什么？”她问。

“嘘！在献祭。”

“你看上去痛苦不堪，”迪尔说，“什么是献祭？”

“你用献祭，让割人头的人不能靠近你。瞧，他们在那儿！”杰姆发出低沉的嗡嗡声，说着类似“布加——布加——布加”的话，车库里人头攒动，全是野蛮人。

迪尔用一种很恶心的方式一翻白眼，直挺挺倒在地上。

“他们给达蒙先生施了法！”杰姆叫道。

他们抬起僵硬得像根灯柱的迪尔，走到太阳下。他们收集无花果叶，一片接一片地把迪尔从头盖到脚。

“你觉得这有用吗，汤姆？”她说。

“也许吧。还看不出来。达蒙先生？达蒙先生，醒醒！”杰姆敲着他的脑袋。

迪尔坐了起来，无花果叶散了一地。“好啦，住手，杰姆·芬奇，”他说，然后继续摆出四肢张开的姿势，“我在这儿待不了太久了。天越来越热。”

杰姆像罗马教皇一样神秘兮兮地用手拂过迪尔的头，说：“瞧，内德，他醒了。”

迪尔的眼皮颤动着睁开了。他站起身，踉踉跄跄地绕着院子边走边嘟囔着：“我这是在哪里？”

“就在这里，迪尔。”她说，有几分警觉。

杰姆绷着脸说：“你知道那不对。你应该说：‘达蒙先生，你在比属刚果迷了路，中了符咒。我是内德，这是汤姆。’”

“我们也迷路了？”迪尔说。

“在你中咒期间我们一直找不到路，但现在我们找到了，”杰姆说，“威金斯教授被绑在那儿一间茅舍里的木桩上，我们得把他救出来——”

据她所知，威金斯教授仍被绑在木桩上。卡波妮从后门探出头，破除了每个人身上的符咒，她尖声喊道：“你们要柠檬水吗？十点半啦。你们大家最好来喝点儿，不然那日头会把你们活烤了！”

卡波妮把三个玻璃杯和满满一大罐柠檬水摆在门内的后廊上，这么安放是为了确保他们能在阴凉处至少待五分钟。上午十点左右的柠檬水是夏日每天都会有的。他们各灌下三杯，发现上午剩余的时光没事可干了。

“想去多布斯牧场吗？”迪尔问。

不想。

“我们来做风筝怎么样？”她说，“我们可以向卡波妮要一点面粉……”

“夏天不能放风筝，”杰姆说，“没有一丝流动的空气。”

后廊上的温度计显示三十三度，车库在远处闪着朦胧的微光，两棵成对的参天楝树静如死水。

“我有主意啦，”迪尔说，“我们来办一个奋兴布道会吧。”

三人面面相觑。这不是空穴来风。

梅科姆镇的三伏天意味着至少有一场奋兴布道会，而那个星期正有一场在进行中。那是镇上三个教会——循道宗会、浸礼会和长老会——的习俗，三个教会的教徒集合起来统一聆听一位客座牧师的布道，但偶尔，当三个教会无法就传道士的人选或薪水达成一致时，每个教区会各自举行自己的奋兴布道会，公开邀请大家参加，因此，有时，全镇人会因此有三周精神重新觉醒。奋兴期是一段斗争期：与罪孽斗争，与可口可乐斗争，与电影斗争，与周日的打猎斗争；与年轻女性越来越多涂脂抹粉、当众抽烟的趋势斗争；与喝威士忌斗争——每年夏天起码有五十个小孩走到圣坛上，发誓他们在二十一岁前决不喝酒、抽烟或诅咒。那些东西太含糊了，琼·露易丝从来没搞清楚是与什么东西做斗争，只不过也无需对此发什么誓就是了。同时这也是镇上妇人间的斗争，看谁为那位福音传道士布置的餐桌最漂亮。梅科姆镇的长驻牧师也能享受一周免费的餐点，故而在心存不敬的居民区，有人颇有微词，说当地的神职人员故意怂恿他们的教会分开举办仪式，借此多赚两个星期的谢礼。不过，这并不属实。

那一周，连续三晚，杰姆、迪尔和她坐在浸礼会教堂（这次的主办方是浸礼会）的儿童区，谛听詹姆斯·爱德华·穆尔黑德牧师大人的训导，他是一位来自佐治亚北部的知名演讲人，至少他们听说是这样。在他所讲的内容里，他们唯一听懂的是他对地狱的见解。对她来说，地狱是并将永远是一片火海，面积恰好与亚拉巴马州的梅科姆县一样大，四周有二百英尺高的砖砌围墙。有罪的人被撒旦叉起，抛过这堵墙，他们在某种液体硫黄的汤汁里煨煮，穿越永生。

穆尔黑德牧师大人个子很高，神情哀伤，驼背，喜欢给他的布道起吓人的标题。（假如你在街上遇到耶稣，你会同他讲话吗？穆尔黑德牧师大人认为，即使你想讲，恐怕也讲不了，因为耶稣可能说的是阿拉米语[①]。）他布道的第二晚，主题是“罪恶的报应”。当时，镇上的电影院正在放映一部同名电影（十六岁以下的人不准入内），梅科姆人以为穆尔黑德牧师大人要讲的是这部电影，所以全镇人都出动来听他的布道。结果穆尔黑德牧师大人讲的根本不是这个。他用四十五分钟细抠字眼，分析他讲稿的语法准确性。（哪个是对的？罪恶的种种报应是死，既然“种种报应”是复数，那么“是”应该用单数形式还是复数形式？这是有差别的，穆尔黑德牧师大人所做的区分如此深奥，连阿迪克斯·芬奇也参不透他的用意何在。）

杰姆、迪尔和她本来会无聊至极，但穆尔黑德牧师大人拥有一种吸引小孩子的独特禀赋。他会吹口哨。他的两颗门牙间有一道缝（迪尔硬说那是假牙，只是做得像真的而已），每当他说到含有一个或多个“s”的单词时，就发出教人幸灾乐祸的声音，让人得到极大的满足。Sin（罪孽）、Jesus（耶稣）、Christ（基督）、Sorrow（悲伤）、Salvation（救世）、Success（成功），是他们每晚竖起耳朵等着听的关键词，他们的专注获得了两方面的回报：那时候，没有一名牧师能在一场布道中不把这些词

① 古代中东的通用语和波斯帝国的官方语言。基督教《圣经》的一部分以此语写作，一些学者认为耶稣基督是以此语传道。

统统用一遍，所以一晚上，他们起码有七次窃喜、偷笑的机会；第二，由于他们如此专心致志地谛听穆尔黑德牧师大人的布道，在人们眼中，杰姆、迪尔和她便成为了教区里表现最佳的小孩。

奋兴布道会的第三晚，他们三人和其他几个小孩一起走上前，接受基督作为他们个人的救世主。仪式举行的过程中，他们紧盯着地面，因为穆尔黑德牧师大人在他们头顶交叉双手，说的话里有这么一句："Blessed is he who sitteth not in the seat of the scornful."（有福的人，不坐亵慢人的座位。）迪尔一时忍俊不禁，剧烈地咳喘起来，穆尔黑德牧师大人对杰姆耳语："带这孩子出去透透气。他太激动了。"

杰姆说："依我看，我们可以去你家院子的鱼池旁玩这个。"

迪尔说没问题。"这主意好，杰姆。我们可以拿几个箱子搭讲道坛。"

一条石子铺的车道把芬奇家的院子和雷切尔小姐家的分隔开。鱼池在雷切尔小姐那边的院子里，周围有杜鹃花、玫瑰、山茶花和栀子花的灌木丛。池里住着几条又老又肥的金鱼，还有若干只青蛙和蝾螈，池面上铺盖着宽阔的睡莲叶和常春藤。一棵巨大的无花果树伸展其有毒的枝叶，遮蔽着周围的区域，使那儿成为邻里间最凉爽的去处。雷切尔小姐在池边放了几样室外用的家具，无花果树下有一张X形桌腿的餐桌。

他们在雷切尔小姐的烟熏室找到两个空板条箱，在鱼池前搭了一个圣坛。迪尔伫立在"圣坛"后面。

"我演穆尔黑德先生。"他说。

“我演穆尔黑德先生，”杰姆说，“我最大。”

“哦，好吧。”迪尔说。

“你和斯库特可以当教民。”

“这样的话我们什么事都没有，”她说，“甭想叫我在这里干坐一个小时听你讲话，杰姆·芬奇。”

“你和迪尔可以发起募捐，”杰姆说，“你们也可以当唱诗班。”

教民拉来两张休闲椅，面朝圣坛坐下。

杰姆说：“现在你们一起唱点什么吧。”

她和迪尔唱了起来：

奇异恩典，乐声何等甜美，
拯救了像我这般无助的人；
我曾迷失，如今已被找回，
曾经盲目，如今又能看见。阿门。

杰姆伸出手臂环抱讲道坛，探过身，用机密的口吻说：“哎哟，今早见到你们大家，可谓喜人的景象。这真是一个美妙的早晨。”

迪尔说：“阿门。”

“今早有人想敞开心扉，唱出他的心声吗？”杰姆问。

“有，大人。”迪尔说。迪尔宽阔的身板和矮小的个子注定他永远只能扮演怪角色。他站起身，就在他们眼皮底下，变身为一人唱诗班。

主耶稣再临那日，号筒必要高声吹起，

那早晨永远光明华丽无比；

凡世上得救的人一同相会在主明宫，

在那边点名，我亦必在其中。

牧师和教众加入合唱。在他们唱歌之际，她听见卡波妮依稀在远处喊叫。她把那蚊子般的声音从耳旁拍走。

迪尔，因铆足了劲儿而满脸通红，坐了下来，把右前排的虔诚教友预留席全占了。

杰姆假装扣上夹鼻眼镜，清了清嗓子说："我的教友们，今天讲道的内容选自《诗篇》：'普天下当向耶和华欢呼。'"

杰姆摘下夹鼻眼镜，一边擦拭，一边用低沉的声音重复："当向耶和华欢呼。"

迪尔说："进行募捐的时间到了。"然后向她索要她放在口袋里的两个五分硬币。

"礼拜结束后你要还给我哦，迪尔。"她说。

"大家安静，"杰姆说，"现在是布道时间。"

杰姆做了一场她有生以来听过的最冗长、最枯燥的布道。他说，罪孽指的是他能想象的最罪大恶极的事，犯有罪孽的人不可能成功，有福的人，坐亵慢人的座位。简而言之，他把过去三晚上他们听到的一切用他自己的话重复了一遍。他的嗓音沉到最低的声区，继而上升为短促的尖叫，他会紧紧抓住空气，仿佛他脚下的大地正在裂开。他曾发问："魔鬼在哪里？"然后直指教众。“就在亚拉巴马的梅科姆县。”

他开始讲地狱，可她说：“得了，把那段删掉，杰姆。”穆尔黑德牧师大人对此的描述已经足以令她终生难忘。杰姆掉转话锋，指向天堂：天堂里到处是香蕉（迪尔的最爱）和焗土豆（她的至爱），他们死后会去那儿，享用美食，直至最后审判日到来。上帝早已把他们从出生那天起所做的每件事记录在案，到审判日那天会将他们打入地狱。

杰姆在结束布道时，请所有希望和基督结合的人走上前来。她走了过去。

杰姆把手按在她头上，说：“年轻的女士，你忏悔吗？”

“忏悔。”她说。

“你受过洗礼吗？”

“从来没有。”她说。

“那好吧——”杰姆把手往鱼池黑黝黝的水里浸了浸，然后放在她头上，“我为你施洗——”

“嘿，等一等！”迪尔喊道，“那样不对！”

“我看没错，”杰姆说，“斯库特和我是循道宗信徒。”

“是呀，但我们举行的是浸礼会教派的奋兴布道会。你得把她按到水中。我想我也要受洗。”迪尔逐渐悟出仪式的派生影响，于是他奋力争取那个角色。“应该是我，”他坚称，“我是浸礼会教友，所以我想，受洗的人应该是我。”

“嗨，听着，迪尔·讨厌鬼·哈里斯，”她威胁道，“我今天整个上午都没有做过一件神圣的事。你坐了预留席，你独唱了圣歌，你还发起了募捐。现在，轮到我了。”

她攥紧拳头，侧抬起左臂，脚趾牢牢扒住地面。

迪尔退了回去。“嗨，省省吧，斯库特。”

“她讲得对，迪尔，”杰姆说，“你可以当我的助手。”

杰姆看着她。“斯库特，你最好把衣服脱了，不然会弄湿的。”

她褪下她的背带裤，这是她身上唯一的衣服。“别把我摁在下面不放，”她说，“也别忘了捂住我的鼻子。”

她站在池塘的水泥边沿上。一条老迈的金鱼浮出水面，狠毒地看了她一眼，然后消失在幽暗的水下。

“这东西有多深？”她问。

“只有两英尺左右。”杰姆说，然后转头向迪尔求证。可迪尔撇下他们走开了。他们看着他一溜烟似的朝雷切尔小姐的房子跑去。

“他不会是生气了吧？”她问。

“我不晓得。我们等等，看他回不回来。”

杰姆说，他们最好把鱼赶到池子一边，以免伤及某一条。就在他们探过池沿哗哗扑腾时，一个不祥的声音在他们身后响起：“呜——”

“呜——”迪尔披着一条双人床单说。他在床单上剪了两个小洞。他把双臂举过头顶，朝她扑去。“你准备好了吗？”他说，“快点，杰姆，我热死了。”

“我的妈呀，”杰姆说，“你这是干什么？”

“我是圣灵。”迪尔谦恭地说。

杰姆牵着她的手，领她走入池子。水温暖而黏糊，池底滑溜溜的。“只能把我按下去一次哦。”她说。

杰姆站在池边。那个披着床单的身影走到他旁边，疯狂地拍动双臂。杰姆拉住她，把她往下按。当她的头没入水中时，她听见杰姆吟诵：“琼·露易丝·芬奇，我为你施洗，代表——”

啪！

雷切尔小姐的藤条毫厘不差地落在那神圣幽灵的屁股上。迪尔不愿后退落入雨点般的鞭子中，便加快步子往前走，跳进了池子里，加入了她的行列。雷切尔小姐并不罢休，毫不留情地抽打水面上缠结在一起的睡莲、床单、腿和手臂，以及交织的常春藤。

“给我出来！”雷切尔小姐尖叫着，“我让你圣灵，查尔斯·贝克·哈里斯！从我最好的床上扯下床单，啊，你？在上面剪洞，啊，你？滥用上帝的名义，啊，你？过来，给我出来！”

“别打了，雷切尔姨妈！”迪尔嘟哝道，他半个头探出水面，“饶了我吧！”

迪尔努力让自己体面地挣脱，但收效甚微：他从池子里起来时像个面目全非的小水怪，身上覆着青苔和滴水的床单。一根卷须状的常春藤绕在他的头和脖子上。他拼命摇头想把藤甩掉，雷切尔小姐慌忙退后，躲避四溅的水花。

琼·露易丝跟在他后面出来了。她的鼻子因进水而感到剧烈的刺痛，她吸鼻子时，简直难受极了。

雷切尔小姐不愿碰迪尔，而是用藤条赶着他往前走，一边嘴里在喊："快点！"

她和杰姆望着这两个人消失在雷切尔小姐的房子里。她忍不住同情起迪尔来。

"我们回家吧，"杰姆说，"该吃晚饭了。"

他们转身朝家走去，径直与他们父亲的目光相遇。他正站在车道上。

他的身旁站着一位他们不认识的女士和詹姆斯·爱德华·穆尔黑德牧师大人。他们看上去已经在那儿站了有一会儿了。

阿迪克斯朝他们走来，脱下自己的外套。她的喉咙发紧，膝盖打颤。当他把外套披在她的肩上时，她意识到，她正一丝不挂地站在一位牧师面前。她试图逃跑，可阿迪克斯揪住她的后颈，说："去找卡波妮。从后门进去。"

她坐在浴缸里，卡波妮粗暴地为她擦洗身子，边擦边嘀咕："芬奇先生早上打电话来，说他将邀牧师和他太太回家吃晚饭。我喊你们，喊得脸都紫了。你们为什么不回答我？"

"没有听见。"她撒了谎。

"哎，一边要烤蛋糕，一边要把你们找回来。我没法同时做两件事。你应该感到害臊，让你爸爸这样丢脸！"

她觉得卡波妮瘦削的手指会戳穿她的耳朵。"别弄了。"她说。

"假如他不好好教训你们俩一顿的话，我来，"卡波妮赌咒道，"行啦，从浴缸里起来吧。"

卡波妮用粗糙的毛巾狠狠地给她擦干身子，差点让她脱了层皮，又命她将双手举过头顶。卡波妮用力给她套上一条浆得笔挺的粉红连衣裙，用拇指和食指紧捏住她的下巴，拿一把尖齿梳给她梳头。卡波妮把一双漆皮鞋丢在她的脚边。

“穿上。”

“我不会扣鞋襻。”她说。卡波妮砰地摔下马桶座圈，让她坐在上面。她望着骨瘦如柴的大手指把珍珠扣塞进比扣子还小的洞眼里，完成这项精细复杂的工作。她对于卡波妮那双手的威力惊叹不已。

“好了，去找你爸爸吧。”

“杰姆呢？”她说。

“他在芬奇先生的卫生间洗澡。他不用我操心。”

她和杰姆安静地坐在客厅的沙发上。阿迪克斯和穆尔黑德牧师大人有一搭没一搭地说着话，穆尔黑德夫人不加掩饰地注视着两个孩子。杰姆看着穆尔黑德夫人，示以微笑。他的微笑没有得到回应，于是他便作罢了。

卡波妮摇响了就餐铃，让大家都松了口气。上桌后，他们在局促的沉默中坐了片刻，然后阿迪克斯请穆尔黑德牧师大人主持饭前感恩祷告。穆尔黑德牧师大人没有做泛泛的祈祷，而是逮住机会，向主报告杰姆和她的失检行为。等穆尔黑德牧师大人终于开始解释，这都是因为这两个孩子没有母亲时，她感到无地自容。她偷瞥了杰姆一眼：他耳朵通红，鼻子几乎贴到了盘子上，她怀疑阿迪克斯是否还能再抬起头来。穆尔黑德牧师大人终于结束了发言，说出了“阿门”，阿迪克斯抬起头来，她的疑虑得到了证实。两颗斗大的泪珠从他眼镜底下沿脸颊两侧淌下来——这次他们深深伤了他的心。突然，他说了声“恕我失陪”，蓦地起身，消失进厨房里。

卡波妮小心翼翼地走进来，端着一个满满当当的托盘。有客人时，卡波妮便拿出待客的虚礼：虽然她和大家一样，能说一口杰夫·戴维斯[1]英语，但在客人面前，她会省略动词；她高傲地递上一盘盘蔬菜；她的呼吸似乎很平稳。卡波妮到她旁边时，琼·露易丝说：“请见谅。”她伸出手，把卡波妮的头拉到她脑袋跟前。“卡尔，”她低语，“阿迪克斯真的生气了吗？”

卡波妮直起身子，低头看着她，对全桌人说：“芬奇先生吗？哦，没事，斯库特小姐。他在后廊上笑呢！”

*芬奇先生？他在笑呢。*汽车轮子从柏油路面驶入土路的声音惊醒了她。她用手指理了理头发，打开仪表板下的储物箱，找到一盒烟，从里面抽出一支，点着了。

“我们就快到了，”亨利说，“你在想什么？想念纽约的男友吗？”

“胡思乱想而已，”她说，“我想起我们玩奋兴布道会的时光。那次你不在。”

“我的天哪。那是芬奇博士最爱讲的一件事。”

---

① 杰弗逊·戴维斯（Jefferson Davis，1808—1889），美利坚联盟国第一任总统。这里指卡波妮能说标准的英语。

她笑起来。“杰克叔叔跟我念叨这件事念了近二十年，可这件事依旧使我难堪。你知道，杰姆去世时，迪尔是我们唯一忘记通知的人。有人寄了一张剪报给他，他才得知。”

亨利说：“事情总是如此。把最老的朋友给忘了。你觉得他还会回来吗？”

琼·露易丝摇摇头。陆军把迪尔派到欧洲后，迪尔就留在了那里。他生来就是个漂泊者。对着相同的人和环境过一段时间，他就变得像一头被困住的小豹子。她不知道他在生命终结时会身在何处。不过肯定不是在梅科姆镇的人行道上。

河上凉爽的空气劈开了炙热的夜色。

“芬奇庄园，小姐。”亨利说。

芬奇庄园里的三百六十六级台阶沿着高高的陡岸下至一道突入河中的宽阔的防波堤。要去那儿，需经过一片从陡岸边缘向后延展入林中的大空地，有三百码宽。一条有两道车辙的路从空地远端延伸过来，消失在幽暗的树林中。路的尽头有一栋两层楼的白房子，楼上和楼下四面都有门廊环绕。

芬奇家的老宅修葺得相当不错，完全没有破败的迹象，如今成了一家狩猎俱乐部。一位来自莫比尔的商人租下了周围的土地，买了那栋房子。在梅科姆人看来，他是用这房子建了个私人赌窟，其实不然，冬夜，老宅的房间里响起男人的欢呼声，偶尔会响起枪声，不是因为愤怒，而是因为兴奋过头。让他们尽情地打牌、畅饮、喧闹吧，只要有人照料这栋旧宅就好。

这栋房子的历史与南方一般的旧宅差不多：由阿迪克

斯·芬奇的祖父购得，原屋主的侄女是个有名的下毒高手，在大西洋两岸皆有营生，但来自于亚拉巴马一个显赫的古老家族。阿迪克斯的父亲在这栋房子里出生，还有阿迪克斯、亚历山德拉、卡罗琳（嫁给了莫比尔市的一个人）和约翰·霍尔·芬奇也是一样。那片空地供全家人团聚之用，直至这种家庭聚会不再流行为止，琼·露易丝记得一清二楚。

阿迪克斯·芬奇的高祖父是一位英国循道宗信徒，在克莱伯恩附近的河畔定居，育有七女一子。他们和梅科姆上校麾下士兵的孩子通婚，儿女成群，建立起该县所谓的八大家族。历经岁月，后人们每年聚首时，住在庄园里的芬奇家必须一再砍去部分树木，腾出野餐的场地，现在这片空地的大小便是这么来的。不过，这片空地不只是供全家人团聚之用——黑人在那儿打篮球，太平时光里，三K党人在那儿开会，阿迪克斯年轻时，那儿还举行过一场大赛，全县的男士为能有殊荣携带他们的女伴进梅科姆参加一场盛宴而骑马比武。（亚历山德拉说，因为看见吉米姑父策马飞奔，把长矛刺入环中，所以决定嫁给他。）

也是在阿迪克斯年轻时，芬奇家搬到了镇上：阿迪克斯在蒙哥马利读法律，回来在梅科姆当律师；亚历山德拉被吉米姑父灵巧的身手所征服，跟他去了梅科姆；约翰·霍尔·芬奇去莫比尔学医；卡罗琳十七岁时同人私奔了。父亲过世后，他们把庄园的地租了出去，但他们的母亲坚决不肯离开老宅。她继续留在那儿，眼看周围的土地一块一块地被出租和售卖。到她去世时，只剩下房子、那块空地和码头。房子一直空着，直至那个莫比尔来的绅士把它买下为止。

琼·露易丝认为她记得她的祖母，但不确定。当她第一次见到伦勃朗那幅戴着帽子、围着飞边褶领的妇人肖像画时，她说："瞧，是奶奶。"阿迪克斯说不是，那根本不像她。但琼·露易丝有印象，在那栋旧宅的某处，她被领入一个光线微弱的房间，房间中央坐着一位很老很老的贵妇，一身黑衣，戴着有白色花边的领圈。

通往码头的台阶自然是被称作"闰年阶"，琼·露易丝小时候参加一年一度的团聚时，她和众多堂兄弟姐妹的父母因为担心他们在台阶上玩耍而追至陡岸的边缘，直到把孩子们逮住，分成两拨：会游泳的和不会游泳的。不会游泳的被赶到空地靠森林的那边，玩玩那些安全却乏味的游戏；会游泳的，由两个黑人小青年睁一眼闭一眼地看着，在台阶上跑来跑去。

狩猎俱乐部保留了那些台阶，用心修缮，把突堤当作他们泊船的埠头。他们比较懒，顺流直下，然后划船到这边的温斯顿沼泽，比披荆斩棘穿过林下灌丛和长有松树的沼泽低地省事多了。再往下游，过了那片陡岸，是昔日棉花码头的遗址，芬奇家的黑人在那儿把成捆的货物和农产品装上船，从船上卸下冰块、面粉和糖、农具，以及女士用品。芬奇庄园仅供游客使用，那些台阶为贵妇提供了一个昏厥的绝佳借口；她们的行李留在棉花码头——在那儿当着黑人的面下船是不可想象的。

"你觉得那些台阶安全吗？"

亨利说："当然。俱乐部一直在打理。我们这是擅闯，你知道。”

“擅闯，鬼扯。我倒想看看哪一天芬奇家的人不能踏足自己的土地了。”她停顿了一下，“你什么意思？”

“五个月前，他们把最后那块地卖了。”

琼·露易丝说：“这件事，他们一个字也没告诉我。”

她说话的语气让亨利住了口。“你不在乎，对吧？”

“不，其实不。我只是希望他们能告诉我一声。”

亨利不信。“看在老天的分上，琼·露易丝，这对芬奇先生和他们来说有什么用？”

“什么用也没有，还要缴税什么的。我只是希望他们能告诉我。我不喜欢意外。”

亨利笑起来。他蹲下来，抓起一把灰色的沙子。“我们要来南方人的老一套吗？希望我像杰尔拉德·奥哈拉[①]一样吗？”

“少来了，汉克。”她的语气很是愉快。

亨利说：“我相信你是全家人里最古板的。遇到这样的事，芬奇先生有着七十二岁年轻的心，而你却是百岁老人。”

“我只是不喜欢我的世界毫无预兆地受到干扰。我们下到码头去吧。”

“你能行吗？”

“我随时可以击败你。”

他们竞相朝台阶跑去。当琼·露易丝开始飞速下奔时，她

① 《乱世佳人》中的人物，对于南北战争带来的变化无法适应。

的手指擦过冰冷的金属扶手。她停了下来。去年，他们给台阶安装了铁管扶手。汉克跑太远了，追不到，可她尽力了。

当她到达码头时，上气不接下气的，亨利却早已手脚大张地躺在木板上了。“小心柏油，亲爱的。”他说。

“我老了。”她说。

他们沉默地抽着烟。亨利把手臂放在她脖子下面，时不时转身亲吻她。她望着天空。“天好低啊，你几乎能伸手碰到它。”

亨利说：“你刚才说你不喜欢你的世界受到干扰，是认真的吗？”

“嗯？”她不知道。她猜是这样。她努力解释道：“我只是说，过去五年里，我每次回家——甚至在那以前，从大学开始——有些东西变化得有一点太……”

“而你不确定那是不是你希望看到的，对吗？”亨利在月光下露齿一笑，她能看得见他。

她坐起身。“我不知道是否能让你明白，亲爱的。当你生活在纽约时，你时常有种感觉，纽约不是世间。我的意思是，每次回家时，我感觉像回到了世间，而当我离开梅科姆时，就像离开了世间一样。这种感觉傻乎乎的。我没法解释，而比这更傻的是，如果生活在梅科姆，我会直接疯掉。”

亨利说：“你不会，你知道你不会。我没有要逼你做出答复的意思——别动——但你得接受一件事，琼·露易丝。你会看到变化，你会在我们的有生之年看到梅科姆彻底变样。眼下，你的问题是，你想拥有你的蛋糕，并把它吃掉；你想让时间停止，可你做不到。你迟早得在梅科姆和纽约之间做出选择。”

他只差一点就懂了。我愿意嫁给你，汉克，假如你带我住到芬奇庄园这儿来的话。我愿意用纽约换这个地方，但不是换梅科姆镇。

她眺望那条河。梅科姆县这边是高高的陡岸，而阿伯特县的那一头却是一马平川。下雨时，河水满溢，可以在棉花田间划船。她望向上游，思量着，独木舟之战[①]就发生在那儿。塞缪尔·戴尔与印第安人打仗，红鹰酋长跳下陡岸。

> 然后他以为他知晓那些山冈与海洋，
> 他的生命从山冈升起，
> 流向大海而逝。

“你说了什么吗？”亨利问。

“没有。只是在空想而已，”她说，“对了，姑姑不同意我们的婚事。”

“我从一开始就知道。你呢？”

“知道。”

“那么嫁给我吧。”

“向我求个婚。”

---

① 1813 年 11 月 12 日发生在亚拉巴马河的一场传奇战役，由于作战地点在独木舟上而闻名。交战双方为塞缪尔·戴尔率领的一支小型民兵队与一个数量很大的“红棍”克里克印第安人军团。

亨利起身，坐在她旁边。他们把脚伸出码头边沿，悬荡着。“我的鞋呢？”她突然问。

“刚才在车旁，你把鞋子踢了。琼·露易丝，现在我有能力养活我们两个人。几年后，假如形势一直像现在这么好，我就可以让我们过上舒适的生活。如今南方到处是机会，就是在梅科姆县本地，钱都多得能淹死——你觉得找个议员老公怎么样？”

琼·露易丝吃了一惊。“你要参加竞选？”

“我在考虑中。”

“对抗权力机器？”

“对。他们自甘堕落，差不多快倒台了，假如我抢得先机……”

“梅科姆县出个廉明的政府，这简直是太让人震惊了，我都怕老百姓受不了。”她说，“阿迪克斯怎么看？”

“他认为时机已经成熟。”

“你不会像他那么容易当选。”她的父亲在进行了首轮竞选活动后便任州议员，期限随他所愿，无人反对。他是该县历史上独一无二的个案：没有政党组织反对阿迪克斯·芬奇，也没有政党组织支持他，没有人与他竞争。他退休后，权力机器攫夺了这仅剩的一个独立席位。

“是的，但我能对他们构成强有力的威胁。县政府里的那帮人，如今玩忽职守得厉害，好好干一场，说不定就有可能击败他们。”

“宝贝，我可当不了你的贤内助，”她说，“政治让我觉得无聊透顶。”

“总之，你不会出来和我竞争。这就够叫人放心了。”

“一个崭露头角的年轻人，是不是？你为什么没告诉我，你是年度杰出人物？”

“我怕你会笑话我。”亨利说。

“笑话你吗，汉克？”

“是啊。你似乎时时刻刻都在有意无意地嘲笑我。”

她能说什么呢？她曾多少次伤害过他的感情？她说：“你知道，我一直不太会讲话，但我对上帝发誓，我从未嘲笑过你，汉克。在心里我从没有过。”

她把他的脑袋搂入怀中。她能感觉到他的板刷头抵在她下巴底下，如同黑天鹅绒一般。亨利吻着她，把她拉向自己，倒在码头的地板上。

过了些许时候，琼·露易丝挣脱出来说：“我们该走了，汉克。”

“还不到时间。”

“到了。”

汉克无精打采地说：“这地方最让人讨厌的是每次都必须重新爬上去。”

“我在纽约有个朋友，每次都跑着上楼梯，一分钟一英里，说这能防止他喘不过气来。你干吗不试一试？”

“这个他是你的男朋友吗？”

“别犯傻了。”她说。

“你今天已经说过一遍了。”

“那么，见鬼去吧。”她说。

“这句话你今天也说过一遍了。”

琼·露易丝双手叉腰。“你想不想穿着衣服下去游泳？这个我今天没有说过。我只要看你一眼的工夫就能把你推下去。”

“你知道，我相信你会那么做。”

“我要来了哦。”她点点头说。

亨利抓住她的肩膀。“假如我下去，你跟我一起下去。”

“我做个让步，”她说，“我数到五，你可以把口袋里的东西拿出来。”

“这太疯狂了，琼·露易丝。”他边说边掏出钱、钥匙、皮夹、香烟，并脱下他的休闲鞋。

他们像斗鸡似的互相对视。亨利先发制人，朝她扑过去，但她在摔倒时，一把抓住他的衬衫，将他一并拖了下去。他们默不作声地快速地朝河中央游去，然后转过身，慢慢游向码头。“拉我上来。”她说。

他们浑身湿透，衣服贴在身体上，滴着水走上台阶。“等我们上车时，基本就干了。”他说。

“今晚那儿有激流。”她说。

“太放荡了。”

“小心我把你从这儿推下去。我可不是说了玩的。”她咯咯直笑，“记得梅里威瑟太太以前是怎么对待可怜的老梅里威瑟先生的吗？等我们结了婚，我会用同样的方式对待你。”

假如碰巧在大马路上和妻子发生口角，梅里威瑟先生就惨了。梅里威瑟先生不会开车，假如他们吵得不可开交，梅里威瑟太太会停下车，搭便车去镇上。一次，他们在一条狭巷里争执起来，梅里威瑟先生被丢在那儿七个小时。最后，他搭乘了一辆路过的马车。

“等我进了议会，我们可不能半夜玩跳水。”亨利说。

“那别参选了。”

汽车发动机嗡嗡运转着。凉爽的空气渐渐散去，天又闷得让人喘不过气来。琼·露易丝看见挡风玻璃上映出他们后面的汽车的车前灯。一辆车超了过去，不一会儿又一辆从旁边驶过，接着又一辆。梅科姆镇近了。

琼·露易丝把头靠在他的肩上，感到满足而安心。说不定终究是可行的，她心想，可我不是家庭型的，我甚至不知道怎么使唤厨子。太太们往来走动时互相说些什么？我必须戴帽子。我会抱不住婴儿，把他们摔死。

有什么东西嗖地从他们旁边飞驰而过，猛地冲过前方的弯道，看起来像是一只巨大的黑蜜蜂。她坐起身，吓了一跳。“那是什么？”

“一车黑人。”

“行行好，他们以为他们是在干什么？”

“那是他们要威风的方式。”亨利说，“他们现在有钱了，能买得起二手车，就忙不迭地驶上公路。他们是公害。”

“有驾照吗？”

“有的人不多。也没有保险。”

“神哪，出了事可怎么办？”

“只能以悲剧收场。”

在门口，亨利温柔地吻了她，放开她。“明晚再见？”他说。

她点点头。“晚安，小亲亲。”

她手提鞋子，踮着脚走进前面的卧室，打开灯。她脱去衣服，穿上睡衣，悄悄溜进客厅。她打开一盏台灯，走向书架。噢，真要命，她心想。她用手指拂过一册册军事历史书，在《第二次古迦太基战争》上稍作逗留，又停在《原因为何》上。要见杰克叔叔，还是临时抱一下佛脚好，她想。她回到卧室，吧嗒关了吊灯，摸到台灯，拧开。她爬上她出生的那张床，读了三页，开着灯睡着了。

第 三 部

6

“琼·露易丝，琼·露易丝，醒醒！”

亚历山德拉的声音刺穿她昏睡的意识，她挣扎着迎接早晨。她张开双眼，看见亚历山德拉站在她跟前。“什——”她说。

“琼·露易丝，你怎么回事——你和亨利·克林顿怎么回事——昨晚赤身裸体去游泳了？”

琼·露易丝在床上坐了起来。“嗯哼？”

“我说，你和亨利·克林顿是怎么回事，昨晚赤身裸体去河里游泳？今天早晨，这件事传遍了梅科姆镇。”

琼·露易丝把头枕在膝盖上，努力醒来。“是谁告诉你的，姑姑？”

“玛丽·韦伯斯特天一亮就打电话来。说昨夜一点，有人看见你们俩光着身子在河中央。”

“有那么好眼力的人，肯定没安什么好心。”琼·露易丝耸耸肩，“哎呀，姑姑，我想现在我非嫁给汉克不可了，是吗？”

“我——我不知道该怎么说你，琼·露易丝。等你父亲发现这件事，他会气死，活活气死。你最好趁他还没在街头巷尾听见风声前先向他坦白。”

阿迪克斯正站在门口，双手插在口袋里。“早上好，”他说，“什么会把我气死？”

亚历山德拉说：“我不会告诉他，琼·露易丝。你自己看着办。”

琼·露易丝向父亲打着暗号，她的讯息被接收和领会了。阿迪克斯表情凝重。“出了什么事？”他说。

“玛丽·韦伯斯特打电话来。她的先遣谍报人员看见汉克和我昨夜没穿衣服在河中央游泳。”

“嗯哼。”阿迪克斯说，他扶了扶眼镜，“但愿你们当时不是在仰泳。”

“阿迪克斯！”亚历山德拉说。

“对不起，山德拉。”阿迪克斯说，“这是真的吗，琼·露易丝？”

“有真实的成分。我是不是让我们丢尽了脸，已经没法收拾了？”

“我们会渡过难关的。”

亚历山德拉坐到床上。“这么讲，是真的，”她说，“琼·露易丝，首先，我不知道昨晚你们在芬奇庄园干什么——”

“可你其实知道。玛丽·韦伯斯特一五一十都告诉你了，姑姑。她没有告诉你之后发生的事吗？请把我的晨衣扔给我，劳驾。”

阿迪克斯把她的睡裤朝她扔去。她在被单下穿上，踢开被子，舒展双腿。

“琼·露易丝——”亚历山德拉说，随后又住了口。阿迪克斯正提着一件晾得皱巴巴的棉布连衣裙。他把裙子放在床上，朝椅子那边走过去。他拎起一条同样是晾得皱巴巴的半身衬裙，丢在连衣裙上。

“别折磨你姑姑了，琼·露易丝。这些是你的游泳衣吗？”

“没错。想来我们是不是应该用杆子举着到镇上游街？”

亚历山德拉百思不解，用手指摩挲着琼·露易丝的衣物，说：“你是中了什么邪，穿着衣服下河去？”

当她哥哥和侄女发出笑声时，她说：“这一点也不好笑。就算你们真是穿着衣服下去的，梅科姆镇也不会买你们的账。你们还不如索性光着下去呢。我无法想象，你们的脑子里装了些什么，干出这样的事。”

“我也无法想象，”琼·露易丝说，“而且，如果能让你稍感安慰的话，我可以告诉你，姑姑，那其实没有多好玩。我们一开始只是互相打趣，我向汉克发出挑战，他不能退缩，于是我也不能退缩，接着，你知道，我们就落到了水里。”

亚历山德拉不为所动：“照你们的年纪，琼·露易丝，这样的行为极其不成体统。”

琼·露易丝叹了口气，从床上下来。“好吧，我错了，”她说，“有咖啡吗？”

“有一壶等着你喝呢。”

琼·露易丝和父亲一起走进厨房。她朝灶台走去，给自己倒了一杯咖啡，然后在桌旁坐下。“你早餐怎么喝得下冰冷的牛奶？”

阿迪克斯喝了一大口。“味道比咖啡好。”

“以前，杰姆和我向卡波妮讨咖啡喝时，她常说，咖啡会把我们变得像她一样黑。你是不是对我失望透顶了？”

阿迪克斯扑哧一笑。“当然没有。但我可以想出好几件可以在半夜做的事，都比你们搞的这出把戏好玩。你还是赶紧去准备准备，去上主日学校吧。”

亚历山德拉星期日穿的紧身褡比她平日里穿的更吓人。她站在琼·露易丝房间的门口，全副武装，帽子、手套、香水，一切就绪。

星期日是亚历山德拉的大日子：在主日学校前和后的一段时光里，她和其他十五位循道宗教派的女士一同坐在教会礼堂，举行一场琼·露易丝称为“每周新闻回顾”的座谈会。琼·露易丝对于剥夺了姑姑安息日的快乐感到很遗憾。今天，亚历山德拉将处于守势，但琼·露易丝有信心，亚历山德拉会发起一场漂亮的防御战，她在这方面的战略天赋丝毫不逊于攻击战，她会在保证侄女名声毫发无损的情况下现身，谛听布道。

“琼·露易丝，你准备好了吗？”

“快了。”她回答。她匆匆搽上口红，把翘起的一绺头发压服帖，放松肩膀，转过身。“我看起来怎么样？”她问。

“你长这么大，我从没看见你穿戴齐整过。你的帽子呢？”

“姑姑，你清楚得很，如果今天我戴着帽子走进教堂，他们会以为是有人死了。”

她唯一一次戴帽子是参加杰姆的葬礼。她不知道自己为什么那么做，但在葬礼前，她请金斯伯格先生为她打开店门，挑了一顶，扣在头上，深知如果杰姆能看见她的话，准会哈哈大笑，但不知为何，这使她感到好过一些。

她们到达时，她的叔叔杰克正站在教堂的台阶上。

琼·露易丝一米七的个子，约翰·霍尔·芬奇博士也不比他这个侄女高。他的父亲给了他高高的鼻梁、坚毅的下唇和高耸的颧骨。他长得像他的姐姐亚历山德拉，但他们也就是脖子以上的部分比较相像：芬奇博士身材瘦削，四肢细长得几乎像蜘蛛腿，而他姐姐的体格则更加健壮。正是因为他，阿迪克斯到四十岁才结婚——约翰·霍尔·芬奇在临到选择专业时，选了医学。在他选择学医之际，偏偏棉花只卖一分钱一磅，芬奇家什么都有，就是缺钱。阿迪克斯那时工作尚未稳定，只得四处筹钱，把能借到的一分一厘都用在了弟弟的学业上，到期时连本带利归还。

芬奇博士当了骨科医生，在纳什维尔执业，又头脑精明地炒起了股票，到四十五岁时，他积攒了足够的钱退休，把所有时间投注在他始终不渝的第一爱好——维多利亚时代的文学——上。这项追求为他赢得了“梅科姆县最博学的执业怪人”的名声。

芬奇博士日久年深地沉湎在他浓烈的佳酿中，以至于浑身上下充斥着古怪的言行举止和奇特的一惊一乍；他讲话时用轻微的“哈”“哼”和古体的措辞断句，在这些众多的怪癖上，还得加上他对现代俚语的偏好。他的机智如针尖麦芒；他心不在焉；他是个单身汉，给人的印象却是怀藏着妙趣横生的回忆；他养了一只十九岁的黄猫；梅科姆县绝大多数人听不懂他的话，因为他的言谈里掺杂着维多利亚时代晦涩奥妙的典故。

他让陌生人以为他乖张不正常，但和他志趣相投的人知道，芬奇博士的心智无比健全清醒，在操控股市上表现尤其突出，所以他的朋友经常为了向他征询意见而不惜听他冗长地论述麦克沃思·普雷德的诗。在琼·露易丝孤僻的青少年时期，芬奇博士曾试图培养她成为学者；由于长期、亲密的往来，琼·露易丝对他的话题已有充分认识，大部分时候能明白他的意思，而且对他谈话的内容很是着迷。他不是让她处于无声的震怒，就是用他那惊人的记忆力与活跃无比的思想使她陶醉。

“早上好，海神的女儿！”她的叔叔亲吻着她的脸颊说。芬奇博士对二十世纪做出的一个让步是电话。他抓着他的侄女，隔着一臂距离，饶有兴致地打量着她。

“回家十九个小时，你就已放纵起你沐浴成痴的爱好了，哈！一个华生行为主义的典型案例——我考虑把你写下来，寄给《美国医学会杂志》。”

“住嘴，你这个老江湖郎中，”琼·露易丝咬着牙低语道，“我今天下午来看你。”

“你和汉克在河里翻云覆雨——哈——真该为自己感到害

臊——让全家人丢脸——好玩吗？”

主日学校即将开始，芬奇博士在门口拉她弯下腰说：“你那有罪的情人在里面等着呢。”

琼·露易丝朝她叔叔投去丝毫没使他畏怯的一瞥，尽可能昂起头，大步迈入教堂。她微笑着，和梅科姆镇的循道宗信徒打招呼，在她昔日的教室里找了个靠窗的座位，睁着眼睛睡了整堂课。她一贯如此。

7

没有什么能像令人毛骨悚然的圣歌那样让你感觉亲切如家，琼·露易丝想。约莫两百名罪人诚挚地请求被抛入拯救灵魂的赤色洪水之中，面对这样一群人，她所有的孤立感都烟消云散了。在向主献唱考珀先生在幻觉中创作的赞美诗[①]，或宣称是爱鼓舞了她的同时，琼·露易丝和大家一样心潮澎湃。那股热忱弥漫于形形色色的个体当中，他们每周有一个小时与大家坐在同一条船上。

她坐在礼堂右侧中间的长椅上，旁边是她的姑姑；她的父亲和芬奇博士并排坐在左侧，从前面数下来的第三排。他们为什么要这么坐，对她而言是个谜，但自芬奇博士回到梅科姆后，他们就一直这么坐在一起。没人会把他们认作是兄弟，她心想。他比杰克叔叔年长十岁，真教人难以置信。

---

① 威廉·考珀（William Cowper，1731—1800），英国诗人、赞美诗学者，红极一时，是浪漫主义诗歌的先驱。曾因精神病被收容，后信奉福音主义基督教。1773 年，因为一场梦而笃信自己必遭天谴，康复后写了许多宗教赞美诗。

阿迪克斯·芬奇长得像他母亲；亚历山德拉和约翰·霍尔·芬奇长得像他们的父亲。阿迪克斯比他弟弟高出一个头，他的脸盘宽阔，五官明晰，有一个高挺的鼻子和一张纤薄的大嘴，但这三个人身上有某种特点表明他们是一家人。杰克叔叔和阿迪克斯头发泛白的地方一样，他们的眼睛很像，琼·露易丝想，就是这个。她是对的。芬奇家的人都有笔直的剑眉，眼皮都很厚；如果客观地观察他们斜视、仰视或直视前方的样子，会发现梅科姆人所谓的“家族相似性”。

她的沉思被亨利·克林顿打断了。他把一个募捐盘传到她后面的那张长椅，等待相应的另一个盘子从她坐的那排传回来。他公然、郑重地朝她眨了眨眼。亚历山德拉看见他像见了鬼似的。亨利和另一位引座员沿中间过道往前走，恭敬地站在圣坛前。

募捐一完毕，梅科姆镇的循道宗信徒便唱起他们所谓的《荣耀颂》，替代牧师对着募捐盘的祈祷，省去他还需再创作一篇祷词的艰辛——他之前已经发表了三篇健康向上的祷文。从琼·露易丝最早对教会有记忆以来，梅科姆人唱《荣耀颂》的方式一直是这一种，也只有这一种：

赞美——上帝——一切——仁爱——的——源头

这是一种和给牧师送一磅贺礼一样植根于南方循道公会传统的演绎。那个星期日，当琼·露易丝和全体教徒一无所知地清清喉咙，准备按部就班地出工唱诗时，克莱德·哈斯金斯太太晴天霹雳似的在风琴上敲出哗啦啦的音：

赞美上帝一切仁——爱的——源头
地上生灵当——赞主——恩
天上万军颂——赞主——名
赞美圣父圣子——圣——灵！

大家被搞得一头雾水，这会儿即使坎特伯雷大主教穿着全套华服现身，琼·露易丝也不会有丝毫惊讶。教徒们都没注意到哈斯金斯太太改变了她毕生的弹奏方式，按以前教授的一贯的唱法，咬牙坚持把《荣耀颂》唱到了底，而哈斯金斯太太则在台前尽情地撒欢，那乐声就像索尔兹伯里大教堂里冒出来的什么气派玩意儿。

琼·露易丝首先想到的是赫伯特·杰姆森精神错乱了。从她记事以来，赫伯特·杰姆森一直是梅科姆循道宗教会的音乐总监。他高大善良，有一副温柔的男中音，轻车熟路地管理一个由被埋没的独唱家们组成的唱诗班，还能准确无误地记住教区执事喜爱的圣歌。教会里充斥着形形色色的斗争，这是梅科姆循道公会活生生的一部分，在这无休止的纷扰中，赫伯特可算是唯一一个头脑冷静、言之成理的人，能使教民中未开化的人士与少壮派达成和解。他把三十年来的业余时间都奉献给了他的教会，最近，教会为了奖赏他，让他去南卡罗来纳州的循道宗音乐营溜了一圈。

琼·露易丝一转念，又把这归咎于牧师。他姓斯通，年纪尚轻，具有芬奇博士称之为“无人能及”的天赋来让人觉得无聊，而这种沉闷无聊他只在年近五十的人身上见过。斯通先生并无什么不是之处，只是他具备一名注册会计师所有的必要条件——他不喜欢人，他对数字很敏感，他缺乏幽默感，他顽固不化。

梅科姆镇的教会这座庙对好牧师来说太小，对平庸的牧师来说又太大了，所以上次教友大会，当主事人决定派一位年轻有活力的牧师给门下的循道宗信徒时，梅科姆人很高兴。但不满一年，这位年轻牧师给他的教民留下的印象实在太差了，以至于一个星期日，芬奇博士忍不住无心说了一句大家都能听见的话：“我们请求面包，他们给了我们一块石头①。”

斯通先生长久以来被怀疑有自由主义倾向。有些人认为，他对他的扬基教友过分友好；最近，他因一场有关《使徒信经》的论战而形象受损；最糟糕的是，在人们眼里，他野心勃勃。正当琼·露易丝在收集铁证，准备立案控告他时，她记起斯通先生是音盲。

由于听不出来，斯通先生并没有因赫伯特·杰姆森的变节而乱了方寸。他站起身，手捧《圣经》朝讲道坛走去。他翻开

---

① 英文姓氏“斯通”的原文为“Stone”，字面意思为“石头”，芬奇博士此处一语双关。

《圣经》说："我今天讲的题目选自《以赛亚书》第二十一章，第六节……"

主对我如此说：

"你去设立守望的，使他将所看见的述说。"

琼·露易丝由衷地想努力谛听斯通先生的守望者看见了什么，但尽管她竭力克制，却仍感到好兴致转变成了愤慨的不满，整个礼拜式中，她都直直瞪着赫伯特·杰姆森。他怎么敢做改动？他是企图把他们带回母堂[1]吗？她若能从理性的角度来看，本该意识到赫伯特·杰姆森是个冒牌的循道宗信徒：众所周知，他神学底子薄弱，但做了一箩筐善事。

《荣耀颂》完了，下一步他们将焚香——正统教义即我的教义。这是杰克叔叔讲的吗，或是他的一位老主教？她隔着过道望向他，看见他轮廓鲜明的侧影——他这会儿气不打一处来，她想。

斯通先生哼哼唧唧，唠唠叨叨……基督徒可以消除现代生活失意的办法是……参加每周三的家庭夜，带一盘盖好的菜肴……从今时到永远，与你们同在，阿门。

斯通先生赐了福，朝前门走去时，她走下过道，截住赫伯特——他留下来准备关窗的。芬奇博士的动作更快：

① 基督教中，担负抚养、保护信徒的母亲职责的教堂。

“不应该那么唱的，赫伯特，”他开口道，“我们毕竟是循道宗信徒，D.V.。”

“别找我，芬奇博士。”赫伯特猛地举起双手，像是要阻挡什么来袭之物，“这是他们在查尔斯·韦斯利音乐营教我们的唱法。”

“你不会打算就这样蒙混过关吧，啊？谁叫你那么做的？”芬奇博士抿起下嘴唇，直至几乎看不见为止，然后又啪嗒一下弹了开来。

“音乐老师，他教了一门课，讲南方教会音乐的不妥之处。他是从新泽西来的。”赫伯特说。

“他教的，真的吗？”

“绝对没有骗你。”

“他讲有什么地方不对？”

赫伯特说：“他说我们不妨像唱大部分圣歌那样来唱‘把鼻头伸到流出福音的喷口下’。说他们应当用教会法查禁范尼·克罗斯比[①]写的圣歌，那首《万古磐石》表达的是对主的憎恶。”

“竟然有这种事？”

“他说，我们应当给《荣耀颂》注入活力。”

“注入活力？怎么注入？”

---

① 范尼·克罗斯比（Fanny Crosby，1820—1915），美国传教士、诗人、词曲作家，是历史上最多产的圣歌作者之一，写有八千多首圣歌。

"像我们今天唱的那样。"

芬奇博士在前排长椅上坐下。他把手臂挂在椅背上，沉思着活动手指。他抬头望着赫伯特。

"显然，"他说，"显然，我们北国的教友不仅只满足于最高法院的作为。如今他们试图要我们改变我们圣歌的唱法。"

赫伯特说："他说我们应当摒弃南方的圣歌，学几首别的。我不乐意——他认为优美的那些，根本连旋律都没有。"

芬奇博士的一声"哈！"比往常更清脆，这是一个明确的信号，表明他的火上来了。他压住火气说："南方的圣歌，赫伯特？南方的圣歌？"

芬奇博士把手放在膝盖上，挺起脊梁，笔直地端坐着。

"来，赫伯特，"他说，"让我们安静地坐在这间圣所里，心平气和地分析这件事。我相信你的头头希望我们把《荣耀颂》唱得和英国国教会的一字不差，但他却改弦易辙——改弦易辙——想要抛弃……《与我同在》吗？"

"对的。"

"莱特[1]。"

"哦——什么，先生？"

"莱特，先生，莱特。《当我端详奇妙的十字架》那首呢？"

"那是另一首，"赫伯特说，"他给了我一张清单。"

---

① 指亨利·弗朗西斯·莱特（Henry Francis Lyte，1793—1847），圣公会牧师、圣歌作家，《与我同在》便是他的作品。

“给了你一张清单，他？我猜《前进吧，基督精兵》也在上面吧？”

“头一首。”

“嚯！”芬奇博士说，“亨利·F. 莱特，以撒·华兹[①]，萨拜因·巴林-古尔德[②]。”

芬奇博士用梅科姆县口音洪亮地念出最后一个名字：拖长了“a”“i”的发音，以及音节之间的停顿。

“每一个英国人，赫伯特，地道上流的英国人，”他说，“都想把这些圣歌剔除出去，并试图让我们把《荣耀颂》唱得跟我们全在西敏寺似的，不是吗？好吧，让我来告诉你一些——”

琼·露易丝看看赫伯特——他正点头表示赞成，又看看她的叔叔，他的神情好像西奥博尔德·庞迪斐克斯[③]。

“你的头头是个势利之徒，赫伯特，真的。”

“他不太爷们儿。”赫伯特说。

“我敢说绝对是这样。你打算就这么胡闹下去？”

“鬼才打算呢，”赫伯特说，“我想的是，我会尝试一次，只为确认我早已料到的反应。绝对不会让全体教民学这个。而且，

---

① 以撒·华兹（Isaac Watts，1674—1748），英国基督教牧师，圣歌作家、神学家，被称为“圣歌之父”。

② 萨拜因·巴林-古尔德（Sabine Baring-Gould，1834—1924）英国圣诗作家，之前提到的《前进吧，基督精兵》是其代表作。

③ 塞缪尔·巴特勒半自传体小说《众生之路》中的人物，从小受到严苛的家庭教育，顺从父亲的心愿做了牧师，后把父亲对他的压制变本加厉地施加到了儿子身上。

我喜欢那些老的圣歌。”

“我也一样，赫伯特。”芬奇博士说，他起身，钩住琼·露易丝的手臂，“下周日老时间见，倘若我发现这个教会有一点鸡犬不宁，我唯你是问。”

芬奇博士目光中透出的某种东西告诉赫伯特，这是开玩笑。他笑呵呵地说：“放心吧，先生。”

芬奇博士挽着他的侄女走到车旁，阿迪克斯和亚历山德拉正等在那儿。“要送你一程吗？”琼·露易丝问。

“当然不用。”芬奇博士说。每个星期日步行往返于家和教堂，这是他的习惯，无论骄阳似火，还是天寒地冻，都风雨无阻。

在他转身离去之际，琼·露易丝喊住他。“杰克叔叔，”她说，“D.V. 是什么意思？”

芬奇博士发出一声叹息，意思是“你这没文化的小姑娘”，然后扬起眉毛说：“Deo volente——‘上帝的旨意’，孩子。‘上帝的旨意’。一个确凿的天主教用语。”

8

在一个潮湿的周日下午，准确时间是两点二十八分，琼·露易丝被一下子从她那静谧的王国中拽了出来，无依无靠，竭尽全力地保护她敏感的表皮。这一切是那么突如其来，就像一个野蛮的男孩从蚁狮的洞穴里猛地抓出它的幼虫，任其在阳光下挣扎。事情是这样：

午饭时，琼·露易丝向全家人讲述芬奇博士对流行版圣歌演唱法的见解，大家都听得津津有味。饭后，阿迪克斯坐在客厅属于他的角落，看星期天的报纸，琼·露易丝期待着和她叔叔度过一个乐趣无穷的下午，配以茶点和梅科姆镇最浓的咖啡。

门铃响了。她听见阿迪克斯喊道："请进！"是亨利的声音，答道："可以走了吗，芬奇先生？"

她丢下洗碗布。她还没来得及走出厨房，亨利便已经把头从门口探了进来，说："嘿。"

亚历山德拉立即擒住他不放："亨利·克林顿，你该为自己感到害臊。"

亨利的魅力可是不容小觑，他全力向亚历山德拉展开攻势，然而亚历山德拉却丝毫没有软化的迹象。“嗳，亚历山德拉阿姨，”他说，“就算你想一直生我们的气，也不可能老气下去啊。”

亚历山德拉说：“我这次替你们解了围，下次我就未必能给你们兜着了。”

“亚历山德拉阿姨，我们对此感激不尽。”他转向琼·露易丝，“晚上七点三十，不去庄园，我们去看演出。”

“好的。你们要去哪里？”

“县府大楼。开会。”

“星期天开会？”

“是的。”

“对哦，我总是忘记这地方所有的政治活动都安排在星期天。”

阿迪克斯催亨利赶紧出发。“再见，宝贝。”他说。

琼·露易丝跟随他走进客厅。前门在她父亲和亨利身后砰地关上了，她走向父亲坐的椅子，收拾他留在椅子脚下的报纸。她将报纸拾起来，按版面顺序理好，整齐地叠放在沙发上。她又穿过房间，把他书桌上的那堆书摞直，就在这时，一本公文信封大小的活页册映入了她的眼帘。

册子的封面上画了一个吃人肉的黑人，画面上方印着“黑祸”二字。册子的作者是某个名字后面附有若干学位的人。她翻开那本活页册，在她父亲的椅子上坐下，读了起来。读完后，她像提着一只死耗子的尾巴似的拎着册子的一角，走进厨房。

她把册子举到她的姑姑面前。

“这东西是什么？”她问。

亚历山德拉的目光越过眼镜上方，看了一眼。“是你父亲的东西。”

琼·露易丝踩下垃圾桶的开关踏板，把册子扔了进去。

“别这样，”亚历山德拉说，“如今这些册子很难搞到了。”

琼·露易丝张开嘴，闭上，又张开。“姑姑，你读过那东西了吗？你知道里面写的什么吗？”

“当然。”

这比亚历山德拉当着她的面讲出一句下流话更让琼·露易丝惊讶。

“你——姑姑，你知道吗，比起那玩意儿里的内容，戈培尔博士[1]简直就是个纯真可爱的乡村小孩。”

“我不知道你在说什么，琼·露易丝。那本书里讲了很多事实。”

“没错，绝对的事——实，”琼·露易丝挖苦道，“我特别喜欢那一段，写黑人，天见犹怜，免不了比白人低等，因为他们的头盖骨更厚，他们的脑颅更浅——不管那是什么意思——所以我们必须好好善待他们，不让他们做出自残的事，使他们安分守己。我的天哪，姑姑——”

亚历山德拉挺直腰板。“怎么啦？”她说。

---

① 保罗·约瑟夫·戈培尔（Paul Joseph Goebbels，1897—1945），德国政治家、演说家，曾担任纳粹德国国民教育与宣传部部长，以其卓越的演讲才能和极端的反犹主义思想而闻名。

琼·露易丝说："就是，我压根儿不知道你爱好诲淫的读物，姑姑。"

她的姑姑不作声，琼·露易丝继续往下说："真正让人叹为观止的是那则比喻，说有史以来，统治世间的始终是白人，除了成吉思汗还是某个人是例外——在这点上这位作者真是公正——他大言不惭地指出，连法老也是白人，他们的臣民是黑人或犹太人——"

"这是实情，不是吗？"

"确实，但和这个问题有什么关系？"

琼·露易丝在内心惴惴不安、满怀期待或紧张烦乱时，尤其是在面对她的姑姑时，她的大脑咔嗒转换节拍，变成吉尔伯特[①]笔下的傻瓜。三个活跃的身影在她脑中疯狂旋转——时间被杰克叔叔和迪尔节拍反常的舞步所填充，遮蔽了明天的来临与明天的纷扰。

亚历山德拉在同她讲话："我告诉你。这是你父亲从公民议会[②]的会议上带回来的。"

"从什么？"

"从梅科姆县的公民议会。你不知道我们有这个机构吗？"

---

① W. S. 吉尔伯特（W. S. Gilbert，1836—1911），英国剧作家、诗人，写过富于幽默感的打油诗，以与作曲家 A. 沙利文合写的喜剧闻名，开创了讽刺时弊的艺术风格。

② 美国民权运动期间，南部地区由地方领袖和企业家组织成立的机构，目的在于抵制废除种族隔离的行动。

“不知道。”

“好吧，你的父亲是理事会成员，亨利是最忠实的会员之一。”亚历山德拉叹了口气，“不是说我们真的需要这样一个机构。梅科姆这里还没发生什么状况，但有所准备总是明智的。他们这会儿就在那儿。”

“公民议会？梅科姆的？”琼·露易丝听见自己怔怔地重复道，“阿迪克斯？”

亚历山德拉说：“琼·露易丝，我想你没有完全明白南部目前的局势——”

琼·露易丝遽然转身，朝前门走去，出了门，穿过宽敞的前院，沿着街道全速往镇上奔去。亚历山德拉“你不能这副样子去镇上”的话语声在她身后回响。她忘记车库里停着一辆车况很好的车，车钥匙就在门厅的桌上。她步履飞快，合着萦绕在她脑中那首朗朗上口的打油诗。

眼下的状况真尴尬！
若我把你嫁，
在你寿终正寝之时，
那你所宠爱的女子
也必死于刀下！
眼下的状况真尴尬！[①]

---

① 出自吉尔伯特和沙利文合写的喜剧《日本天皇》(*The Mikado*)。

汉克和阿迪克斯在搞什么名堂？发生了什么事？她不知道，但在太阳下山前，她会查清楚。

这和她在屋里发现的那本活页册有关——就放在那儿，放在上帝和众人面前——和公民议会有关。她听说过那个组织，其实。纽约的报纸通篇都是相关报道。她后悔没有多加留意，但只需扫一眼整栏的文章，就足以让她了解一个耳熟能详的故事：和无形帝国[①]成员、和憎恨天主教徒者一样的人；愚昧无知、恐惧缠身、面红耳赤、土里土气、遵纪守法、百分百热血的盎格鲁-撒克逊人，她的美国同胞——败类。

阿迪克斯和汉克另有所图，他们去那儿只是为了关注事态——姑姑说阿迪克斯是理事会成员，她搞错了。根本就是搞错了，姑姑有时会把她知晓的事实全都混为一谈……

到了镇上，她放慢了脚步。那儿冷冷清清的。药店门口只有两辆车；古老的县府大楼矗立在午后逼人的阳光下，白花花的；远处，一条黑色的猎犬大步跑过街道，智利南美杉静默地林立在广场的四角。

在朝北面的入口走去时，她看见大楼边上停了两辆空荡荡的轿车。

当她走上县府大楼的台阶时，她没有注意到在那儿闲荡的上了年纪的人，她没有注意到立在门里的饮用水冷却器，没有注意到走廊里藤编坐垫的椅子；她注意到了含有甜丝丝尿骚味

---

① 美国南部佐治亚州亚特兰大城在三 K 党活动初期的别称。

的阴湿气息，来自不见天日的县档案库。她经过税务员、估税员、县秘书、登记员、遗嘱验证法官的办公室，登上通往法庭层的未油漆过的老楼梯。再登上一段有遮顶的狭小阶梯，上面便是留给黑人的楼座。她走了进去，坐在前排角落的老位子上，就是她和她的哥哥上法院看父亲出庭时所坐的位子。

在楼下粗糙的长椅上坐着的，不仅有梅科姆的大多数败类，还有该县最受敬重的人。

她望向房间的另一头，在将审判庭和旁听席隔开的栏杆后面的一张长桌旁，坐着她的父亲、亨利·克林顿、几个她再熟悉不过的人和一个她不认识的人。

在桌子尽头，懒洋洋地坐着一个浮肿、头发花白的大个子，是威廉·韦罗贝，他代表了她父亲和与他志同道合者所鄙夷的一切政治主张。像他那样的人已经绝种了，她心想。阿迪克斯根本不会理睬他，可瞧，他们同坐在……

像威廉·韦罗贝这样的人的确已经绝种了，至少是一度绝种了。他在富足中慢慢流血身亡，因为他的生命之血是贫穷。在南方腹地，每个县都有一个韦罗贝，排除微小的地域差异，他们是如此相似，从而构成一个类别，称之为“他这个崇高伟岸的人，这个小人”。他，或不管他的臣民如何称呼他，都是县里的政要——通常是县治安官或法官或遗嘱检验员，但也存在变异，比如梅科姆县的韦罗贝，他选择不事公职。韦罗贝是个罕见的人——他更喜欢留在幕后，表示他没有庞大的个人虚荣心，而这种虚荣心是一文不值的暴君必不可少的特质。

韦罗贝不在县里最舒适的办公室主持县务，而选择在一个顶多堪称茅棚的地方——一间狭小、昏暗、散发恶臭的房间，门上贴着他的名字，里面只有一部电话、一张餐桌和几张没上过漆的被人坐得锃亮的太师椅。无论韦罗贝去哪里，身后都自动跟着一小撮被称为“县府大楼党”的人，这些人服帖顺从，消极悲观，被韦罗贝安插在各个县市政府部门里，听命行事。

那张桌上，坐在韦罗贝身旁的就是一个“县府大楼党”，汤姆-卡尔·乔伊纳，是他的得力助手，有充分的理由感到骄傲：他不是从一开始就加入了韦罗贝的阵营吗？他不是整天为韦罗贝跑腿吗？他不是在昔日大萧条期间，半夜敲佃户家木屋的门吗？不正是他，向每个无知、饿肚子、接受公共援助——不论是工作还是救济金——的可怜人反复强调，要把票投给韦罗贝吗？不投票，没饭吃。和他的下一级跟班一样，经年累月，汤姆-卡尔显露出一种扞格不入的崇高姿态，不介意人们提起他恶毒的发家史。那个星期日，汤姆-卡尔安稳地坐在那儿，心里很清楚，这个他用无数不眠之夜缔造的小帝国，在韦罗贝失去兴趣或死后，将归他所有。汤姆-卡尔的脸上没有征兆表明，他也许会迎来一个猝然的意外：经济繁荣孕育的独立自主已然削弱了他的王国，使它濒临倾覆，再有两次选举，就该崩毁成社会学专业的论文素材了。琼·露易丝望着他自命不凡的可鄙面孔，寻思着，南方以赶尽杀绝的手段来报答其公务员着实是冷酷无情，想到这儿，她差点笑出声来。

她俯视一排排熟悉的脑袋——白头发，棕头发，精心梳理过以掩盖秃头的头发——她回想起许久以前，当审判内容索然无味时，她会悄悄把蘸了唾液的纸团瞄准底下那些溜光发亮的圆顶。有一天，泰勒法官逮到她，威胁要给她开一张法院传票。

县府大楼的钟嘎吱作响，铆足劲儿发出“噗噜咯”的声响，敲了整点。两点。当钟声颤悠悠地逝去时，她看见她的父亲起身，用他出庭时不露声色的嗓音向与会者发言：

“先生们，今天为我们讲话的是格雷迪·欧汉隆先生。不需要我介绍了。有请欧汉隆先生。”

欧汉隆先生起身说：“诚如奶牛在冰冷的清晨对挤奶人所讲的，‘感谢你们温暖的手’。”

她以前从未见过或听说过欧汉隆先生，然而，从他开场白的要旨里，她清楚认识到欧汉隆先生是个怎样的人——他就和一般人一样，平凡、敬畏上帝，辞了工作，把全部时间投入到维护种族隔离大业上。哎，有些人就是有奇怪的爱好，她思忖。

欧汉隆先生长着一头浅棕色的头发，湛蓝的眼睛，一张像骡子般执拗的脸；他戴了一条丑得吓人的领带，没穿外套。他解开衣领扣子，松松领带，眨眨眼睛，用手梳理头发，然后进入正题。

欧汉隆先生是土生土长的南方人，在这儿上的学，娶了一位南方淑女，在这儿生活了一辈子。如今，他主要的兴趣在于坚持南方的生活方式，不让黑鬼和最高法院来命令他或其他任何人该做什么……一个种族愚笨得像……本质上低劣下等……蓬乱的卷毛头……仍在树上……油腻而臭烘烘……娶你们的女儿……破坏种族的纯正……杂交……杂交……拯救南方……黑色星期一[①]……比蟑螂更下贱……上帝创造了多个种族……无人知晓原因，但他计划把他们区隔开……假如不是这样，他会把我们创造成同一种肤色……回非洲去……

她听见她父亲的声音，一个细微的声音在温暖、安谧的过去讲话。先生们，倘若这个世上存在一条我信仰的口号，那就是：人人享有平等的权利，无人享有特权。

这些冒出水面的黑鬼牧师……长得像猿猴……嘴巴像五百克的食品罐头……歪曲福音书……法庭宁可听信乱党分子……把他们统统拉出去，以叛国罪枪毙……

在欧汉隆先生鼓噪的长篇大论下，一段反驳他的回忆涌上她的心头：法庭起了难以察觉的变化，庭上，她俯视着同一批脑袋。当她把目光投向房间另一头时，看到陪审席里坐着陪审员，泰勒法官主持审判，他的速记员像领航员似的坐在下面，在他的前方写个不停；她的父亲站在那儿：他从一张桌前站起身，她能看见桌旁那个蓬乱的卷毛头的背影……

阿迪克斯·芬奇鲜少接刑事案件，他对刑法没有兴趣。他

---

① 指1954年5月17日（星期一），美国最高法院就布朗诉皮卡教育局案做出裁决，判决种族隔离本质上是一种不平等，终止了美国社会中存在已久的白人和黑人必须分别就读不同公立学校的种族隔离现象，并在接下来数年中逐步废止进行种族隔离的措施。

接这个案子的唯一原因是，他知道他的当事人是无罪的，他怎么也不能让这个黑人男孩因为一位由法院指定的心不在焉的辩护律师而进监狱。这个男孩通过卡波妮找到他，向他讲述了他的遭遇，并告诉了他真相。真相是丑陋的。

阿迪克斯成功掌握主动，牢牢抓住起诉书漏洞百出的要害，向陪审员表明立场，取得了梅科姆县前无古人、后无来者的胜利：他使一个被控强奸罪的黑人男孩无罪开释。这场诉讼的主要证人是个白人女孩。

阿迪克斯拥有两项重大优势：虽然那个白人女孩才十四岁，但被告受到的指控不是法定强奸罪，因而阿迪克斯能够并实际证明双方是你情我愿的。还有一个事实让你情我愿的观点比正常情况下更容易证明——被告只有一条手臂，另一条在锯木厂的一次事故中被截去了。

阿迪克斯使出浑身解数，怀着出于本能的厌恶——深恶痛绝至此，唯有知道自己对得起自己的良心才能消除那份厌恶——把这场官司打到底。陪审团做出裁定后，他在中午时分走出法庭，回家洗了一个蒸汽浴。他从未计算他为此付出的代价。他从不回顾。他永远都不知道有两双和他本人相像的眼睛在从楼座上看着他。

……问题不是流鼻涕的黑鬼会不会和你的小孩一块儿上学或坐在公共汽车的前面……问题是基督教文明能不能继续存在，或者我们会不会成为乱党分子的奴隶……黑鬼律师……践踏宪法……我们的犹太朋友……杀害了耶稣……投票给那个黑鬼……我们的爷爷……黑鬼法官和治安官……隔离是平等……百分之九十五的税收……给那个黑鬼和那条老猎狗……追随那头金牛犊……宣讲福音书……罗斯福老太太……黑鬼的贴心人……款待四十五个黑鬼却冷落一个青春纯洁的南方白人少女……休伊·朗[1]，那位有身份的基督徒……黑得像烧焦的引火柴……贿赂最高法院……正直的白人基督徒们……耶稣被钉在十字架上是为了那个黑鬼……

琼·露易丝的手发滑。她把手从楼座栏杆上拿下来，看了一眼。手心湿答答的。栏杆上有一块地方湿了，反射着从上层窗户照进来的微弱光线。她盯着坐在欧汉隆先生右侧的父亲，无法相信她所看到的一切；她盯着坐在欧汉隆先生左侧的亨利，无法相信她所看到的……

……可他们坐满了整个法庭。有资产有道德的人，富于责任感的人，善良的人。各式各样身份不同、名声各异的人……该县唯一没有出席的人似乎是杰克叔叔。杰克叔叔——她本该抽时间去看他的。什么时候去呢?

她对男人的事务知之甚微，但她知道，她的父亲和一个满口脏话的人共同现身在那张桌上——事情因此而少了些龌龊吗?不。罪无可恕。

她感到恶心。她的胃一阵抽缩，她开始战栗。

---

① 休伊·朗（Huey Long，1893—1935），美国民主党政治人物，主张增加对富人的税收，加强福利事业帮助穷人。

汉克。

她浑身上下每根神经都在尖叫，然后死亡。她失去了知觉。

她笨拙费力地站起身，踉踉跄跄地从楼座走下有遮顶的楼梯。她没有听见自己的脚在宽阔的台阶上发出刮擦声，没有听见县府大楼的钟吃力地敲了两点半，她感觉不到一楼阴湿的空气。

明晃晃的太阳刺痛她的双目，她用手捂住脸。当她缓缓放下双手，让眼睛适应从暗到亮的光线时，她看见梅科姆镇空无一人，在蒸笼般的午后闪着微光。

她走下台阶，来到一棵常青橡树的树荫下。她张开手臂，靠在树干上。她看着梅科姆镇，喉咙发紧：梅科姆镇也在回望着她。

走开，那些古老的大楼说，这儿没有你的容身之处。你不受欢迎。我们有自己的秘密。

她听从了它们，在万籁俱寂的热浪中走上梅科姆镇的主干道——一条通往蒙哥马利市的公路。她不停地往前走，经过有宽敞前院的房子，精通园艺的女士和反应迟钝、身材魁梧的男人在院子里走动。她觉得自己听见惠勒太太隔着街道在朝莫迪·阿特金森小姐大吼；假如莫迪小姐看见她，她会说，进来吃点蛋糕吧，我刚做了一个大的给医生，一个小的给你。她数着人行道上的裂缝，硬着头皮准备接受亨利·拉斐特·杜博斯太太的攻击——别对我说什么“嘿”，琼·露易丝，你要说“下午好”！她在那栋屋顶陡斜的古老房子前加快脚步，经过雷切尔小姐的住所，发现自己到了家。

手工冰激凌。

她使劲眨眨眼。我神志失常了，她想。

她想继续往前走，但为时已晚。她家旧址上开的现代冰激凌店正在营业，四四方方，矮矮胖胖的，一个男的正探出窗口细细打量她。她把手伸进便裤口袋，摸出一个二十五美分的硬币。

“请给我一个香草蛋筒。”

“现在不流行蛋筒了，我可以给你一个——”

“没关系。那就流行什么给我什么吧。”她对那人说。

“琼·露易丝·芬奇，不会是你吧？”他说。

“是我。”

“你过去就住在这儿，对吧？”

“是的。”

“实事求是地讲，出生在这儿，对吧？”

“是的。”

“现在在纽约，对吧？”

“是的。”

“梅科姆镇变了，对吧？”

“是的。”

“不记得我是谁了吗，你？”

“不记得了。”

“行，我不告诉你。你可以坐在那儿，吃你的冰激凌，想想看我是谁，假如你能想出来，我可以再免费送你一份。”

“谢谢，先生，”她说，“我可不可以到后面转一转——”

“没问题。后面有露天的桌椅。晚上大伙儿三五成群地坐在那儿吃冰激凌。”

后院铺满白色的石子。没了屋子、车库、楝树，这儿看上去可真小，她想。她在一张桌子旁坐下，把那杯冰激凌放在桌上。我得想一想。

事情来得太快，她的胃依旧在翻腾。她深呼吸，试图让她的胃平静下来，但胃就是不肯消停。她感觉自己脸色发青，反胃，她低下头去。她虽然竭尽全力，却依然无法思考，她只知道，她知道的是：

那个她曾经彻底、全心全意信任的人辜负了她；她认识的唯一一个让她能带着知根知底的信心指着说“他是正人君子，他从骨子里是一位正人君子”的人，背叛了她，公然地、令人作呕地、无耻地背叛了她。

9

正直、幽默、耐心，这是形容阿迪克斯·芬奇的三个词。还有一句形容他的话——从梅科姆县及其周边地区随便挑一个居民，问他对阿迪克斯·芬奇的看法，回答八九不离十会是“我的朋友里没有比他更好的”。

阿迪克斯·芬奇为人的秘诀，简单到深奥难解：大多数人都有道德准则，并努力在实践中遵照这些准则行事，而阿迪克斯严格按照他的准则行事，不小题大做，不炫耀吹嘘，不自我反省。他私下的个性即他公开的个性。他的准则即单纯的《新约》伦理，收到的回报是每个认识他的人都尊敬、热爱他。连他的敌人也爱他，因为阿迪克斯从不承认他们是他的敌人。他从不富有，但在他的孩子们心目中，他是最富有的人。

一般小孩对于大人的事情了解得很少，但他的孩子却拥有为人子女难得有的条件，知道的事情不少：阿迪克斯担任议员时，结识了一个比他小大概十五岁的蒙哥马利姑娘，他坠入爱河，并最终娶了她；他把她带回梅科姆，他们住在小镇主街上一栋新买的房子里。阿迪克斯四十二岁时，他们的儿子出生了，他们给他起名杰瑞米·阿迪克斯，纪念他的父亲和他父亲的父亲。四年后，他们的女儿出生了，他们给她起名琼·露易丝，纪念她的母亲和她母亲的母亲。过了两年，有一天傍晚，阿迪克斯下班回家，发现他的妻子躺在前廊地上，死了，由于紫藤挡住了视线而无人看见——这株紫藤独占廊角，把那里变成了一块阴凉、私密的休憩处。她死的时间不长，她摔落前坐的那张摇椅仍在摇晃。琼·格雷厄姆·芬奇带给这个家族一颗二十二年后夺去他儿子生命的心脏，就在他父亲事务所前的人行道上。

阿迪克斯这一年四十八岁，妻子撒手人寰，留下两个年幼的孩子和一个名叫卡波妮的黑人厨娘。他未必曾追索过人生的意义，而只是尽他最大努力养育他的孩子，就他在孩子心中的地位而言，他的努力确实称优：他从来不因太累而不玩“传球过人”的游戏；他从来不因太忙而不编引人入胜的故事；他从来不因太专注于自己的问题而不用心谛听悲惨的遭遇；每天晚上，他都给他们朗读到声音发哑为止。

在念书给孩子听时，阿迪克斯一石几鸟，大概会令儿童心理学家深感惊愕：他手头在看什么就给杰姆和琼·露易丝读什么，两个孩子在成长过程中培养起一种难以名状的博学。他们早早涉猎了军事史、等待被通过成为法律的法案，《真探疑案》杂志、《亚拉巴马法典》、《圣经》和帕尔格雷夫汇编的《英诗金库》。

无论阿迪克斯去哪儿，大多时候杰姆和琼·露易丝都会跟着。如果议会有夏季会议，他便带他们去蒙哥马利；他带他们去看橄榄球赛、参加政治集会、上教堂；如果晚上他必须加班到很晚，就把他们带到办公室。太阳下山后，很难看到阿迪克斯身后没有拖着孩子。

琼·露易丝对母亲没有一丁点儿印象，她从不知道母亲是什么，但她极少感到需要一个母亲。童年时，父亲从未曲解过她的意思，也从未有过一次疏漏——只有一次，在她十一岁那年，有一天放学回家吃饭，她发现自己开始流血。

她以为自己要死了，开始放声尖叫。卡波妮和阿迪克斯还有杰姆跑了过来。当他们明白了她的苦境后，阿迪克斯和杰姆无助地看着卡波妮，卡波妮接手了这件事。

琼·露易丝从未充分意识到她是个女孩。自出生以来，她一直风风火火、打打闹闹；与人争斗，玩橄榄球，攀爬，追赶杰姆，在任何比身手的竞赛中打败她所有的同龄人。

当她平静下来，能听得进话时，她断定那是一个捉弄她的残酷的恶作剧：现在她必须迈入女性的世界，一个她蔑视、无法理解，也无法自卫的世界，一个不欢迎她的世界。

杰姆在他十六岁时抛弃了她。他开始用水把头发光滑地往后梳，和女孩约会。她唯一的朋友就是阿迪克斯。接着，芬奇博士返回了故乡。

两个老去的人帮助她度过了最孤独、最艰难的时光，历经从咆哮的假小子变成妙龄女郎的浴火重生。阿迪克斯拿下她手里的气枪，把高尔夫球杆放到她的手中；芬奇博士教导她——芬奇博士把自己最感兴趣的东西教给她。她虚应着这个世界：

敷衍了事地循规蹈矩，表现得像个好人家的姑娘；她对服装、男孩、发型、小道消息和女性志趣很是三心二意。可脱离了那些她确信爱她的人所给她的安全感，她始终心神不宁。

阿迪克斯送她去上佐治亚州的一所女校。毕业后，他说，现在是她该开始自力更生的时候了，她干吗不去纽约或其他什么地方。她隐隐觉得受伤，感到自己正在被驱逐出自己的家，可随着岁月的流逝，她认识到阿迪克斯这一明智之举的全部价值：他年事渐高，他希望看到女儿能自力更生，这样他便能够安心地离开人世了。

她不是形单影只，而在背后支撑她的，她人生最强有力的精神支柱，是她父亲的爱。对此，她从不质疑，从不考虑，甚至从未意识到，她在做任何重要的决定前，都会条件反射似的在潜意识中问自己："阿迪克斯会怎么做？"她从未意识到，她之所以能够不屈不挠地坚持自己的立场，全是因为她的父亲；她性格中任何可誉为正派善良的部分，皆是她父亲造就的；她未察觉到她崇拜他。

她只知道，她为那些抱怨父母不给他们这个、诓骗他们干那个的同龄人感到惋惜；她为那些中年女舍监感到惋惜——这些人经过一番分析后发现自己的忧虑所在正是自己本身；她为称自己的父亲为"我们家那个老家伙"的人感到惋惜，这说明这些父亲多半是声名狼藉、嗜酒、无能的废物，使他们的孩子在人生旅途的某一刻失望透顶、无法原谅。

她挥霍她的同情心，并沾沾自喜地活在她舒坦的世界里。

10

琼·露易丝从她坐着的休闲椅子上站起身，走到空地的角落处，把她星期天吃的饭吐了出来。她抓着几股铁丝网——这张网把雷切尔小姐家的花园和芬奇家的后院分隔开。假如迪尔在这里，他会跃过这张网，冲到她身旁，把她的头往下拉到他嘴边，吻她，并握住她的手；当家里有麻烦时，他们会一同表明立场。可迪尔早已离她而去。

当她回想起县府大楼的那一幕时，反胃的感觉加倍汹涌地重新袭来，但她已经没什么东西可吐了。

真希望你只是啐了我的脸……

这一切可能、也许仍是一个骇人的错误。她的头脑拒绝采纳她的眼睛和耳朵所传达的讯息。她回到她坐的椅子，盯着一摊融化了的香草冰激凌缓缓流向桌子边沿。蔓延，停顿，化成一滴滴，落下。滴落，滴落，滴落，滴进白色的石子中，直至饱和，再也接收不下，然后小小的第二摊出现了。

那是你干的。必定是你干的，就像你正坐在那儿一样确凿无疑。

“猜出我的名字了吗？为什么干瞪着那边？你的冰激凌全完了。”

她抬起头。店里的那个人正探出后窗，离她不到五英尺。他退了回去，拿着一块湿软的抹布再度现身。他一边擦那摊融化的冰激凌，一边说：“我叫什么名字？”

朗普尔斯蒂尔斯金[1]。

“哦，对不起。”她仔细看着那个人，“你是安康的‘康’，康宁安家的人吗？”

那人咧嘴大笑。“接近了。我是‘坎’，坎宁安家的人。你怎么知道的？”

“家族成员间的相似性。你怎么从林区出来了？”

“妈妈留给我一些木材，我把木材卖了，在这儿开了这爿店。”

“现在几点？”她问。

“快四点三十了。”坎宁安先生说。

她起身，微笑着告辞，说她不久会再次光顾。她朝人行道走去。整整两个小时。我不知道自己身在何处。我太累了。

她没有走镇上回家。她绕了一大圈，穿过学校操场，沿一条路边有成排美洲山核桃树的路走，又走过一个学校操场，穿过一个橄榄球场——杰姆有一次昏了头，在那儿扳倒了自己的

---

① 格林童话中的侏儒怪，与磨坊主的女儿做交易，让她成为了王后，但要她交出自己的头生子。当王后生下小王子，侏儒怪来索要王子，并许诺王后另一桩买卖：如果王后在三日之内猜出他的名字，他便留下王子。最后王后偷听到了他的名字，赢得了这场赌博。

队员。我太累了。

亚历山德拉正站在门口。她往边上靠了靠，让琼·露易丝走过去。“你去哪儿了？”她说，“杰克老半天前打电话来找你。你出门后就一直是这副样子见人吗？”

“我——我不知道。”

“什么叫你不知道？琼·露易丝，别说胡话，去打电话给你叔叔。”

她萎靡地走到电话旁，说：“一一九。”听筒里响起芬奇博士的声音：“芬奇博士。”她有气无力地说：“对不起，明天见，可以吗？”芬奇博士说：“行。”

她叔叔打电话的方式真是太逗了，可她太累了，笑不动了——他对这类工具深恶痛绝，他的答话顶多一个字。

她转过身，亚历山德拉说：“你看上去没精打采的，这是怎么了？”

夫人，我的父亲让我像条比目鱼似的在低潮处扑腾，你说这是怎么了。“胃。”她说。

“现在胃的毛病很多发。疼吗？”

是的，疼。痛彻心扉。痛得我无法承受。“不，没有，只是难受而已。”

“既然如此，你干吗不吃一颗消食片呢？”

琼·露易丝说她会的。亚历山德拉突然恍然大悟：“琼·露易丝，你是不是去听了那个会，所有那些男人都出席的那个？”

“正是。”

“就这副样子去的吗？”

“正是。”

“你坐在什么地方？”

“楼座上。他们没有看见我。我从楼座向下观望。姑姑，汉克今晚来时，请告诉他，我……不舒服。”

“不舒服？”

她没法再在那儿多站一分钟了。“对，姑姑。我打算像南部每个青春纯洁、未失童贞的白人基督徒少女一样，做她们不舒服时会做的事。”

“是什么事呢，到底？”

“我准备上床睡觉。”

琼·露易丝走向她的卧室，关上门，解开上衣扣子，拉开便裤的拉链，横倒在她母亲的雕花锻铁床上。她胡乱摸到一个枕头，塞到脸下面。不一会儿，她就睡着了。

假如她有思考能力的话，琼·露易丝也许本可以把今天发生的情况放在一个自古以来反复出现的古老故事里来看待，从而避免将事情闹大：关系到她的那个桥段始于两百年前，在现代史上一个最血腥的战争和最苛刻的和平都无法摧毁的显赫社会里得到尽情演绎，现在死灰复燃，在一种无论战争还是和平都无法挽救的文明走向衰落之际，在私人领域得以重新上演。

假如她有洞察力，能冲破屏障，走出她经过高度筛选、孤立保守的天地，她也许会发现，她从小到大就有一种视觉缺陷，是她本人和她身边最亲近的那些人不曾注意到和忽略的：她生来便是色盲。

第四部

11

许久以前有一段时期，她生命中唯一平静的时刻是从她早晨睁开眼到完全恢复知觉之间几秒钟的时光，最终完全醒来，走入白天醒着的噩梦中。

她上六年级，因为她在课上和课外所习得的东西而难忘的一学年。那一年，因为有人纵火烧了老塞勒姆的学校，于是就有一批老学生转到这儿寄读。棋逢对手，镇上的孩子暂时落了下风。布朗特小姐教的六年级里，年龄最大的男生快十九岁了，还有三个和他差不多年纪的。有几个十六岁的女孩是性感、快乐的尤物，她们觉得上学简直就是放假，不用给棉花田除草和喂牲口。布朗特小姐对他们一视同仁——她和班上最高的男生一样高，身体有他两倍宽。

琼·露易丝立刻就喜欢上了这些从老塞勒姆来的新学生。她故意将加斯顿·B. 米恩斯[①]引入有关南非自然资源的讨论，又

① 加斯顿·B. 米恩斯（Gaston Bullock Means，1879—1938），美国私家侦探，干过推销员，酿造贩卖过私酒，参与伪造文书、诈骗、勒索等犯罪活动，并涉嫌谋杀。

在课间休息时展示了她精准的橡皮筋枪射击术，赚足了全班人的眼球，也赢得了老塞勒姆帮的信任。

那些大男孩以粗犷的温柔教她掷双骰子和如何嚼烟草才能不越嚼越少。那些大姑娘多数时候用手捂着嘴咯咯直笑，彼此间老是窃窃私语，但在排球赛选支持的战队时，琼·露易丝认为她们相当得力。总之，越来越多的迹象表明，这将是美妙无比的一年。

美妙无比，直至有一天她回家吃饭。那天下午她没有返回学校，而是在床上待了一下午，气得直哭，拼命想要弄明白她从卡波妮那儿得到的可怕讯息。

第二天，她回到学校，走路时分外端庄，不是出于自豪，而是因为她仍不甚熟悉的装备牵制了她。她确信每个人都知道她出了什么问题，确信大家都在看她，可她很困惑，为什么这么多年来她从未听人讲起过。也许没人知道那是怎么回事，她想。假如真是如此，那她真是掌握了一条大新闻了。

课间休息时，乔治·希尔叫她去当游戏“厨房里的热油”①里的王，她摇摇头。

“我再也玩不了了。”她说。她坐在台阶上，望着那些男生在尘土里打滚。“我连路都走不了。”

后来她再也憋不住了，便加入了操场一角挤在常青橡树下的那群女生。

---

① 哈珀·李上学时男生间流行的一个游戏：一名男生宣布自己为“厨房之王”，若有人想从他的领地上穿过，将被扳倒在地，如果王落败，则由胜者继任“厨房之王”。

艾达·贝拉·史蒂文斯笑着在长长的水泥凳上腾了个位子给她。“你怎么没去玩啊？”她问。

“不想玩。”琼·露易丝说。

艾达·贝拉眯起眼睛，雪白的眉毛抽动了一下。“我敢说我知道你哪里出了毛病。”

“哪里？”

“你倒霉了。”

“怎么了？”

“倒霉了。夏娃的厄运。假如夏娃没吃那个苹果，我们就不会遭殃。你感觉难受吗？”

“不难受，”琼·露易丝说，心里在咒骂夏娃，“你怎么知道的？”

“你走路的样子好像骑着一匹枣红色的母马，”艾达·贝拉说，“你会适应的。我已经有好几年了。”

“我永远不会适应。”

的确不容易。由于行动受限，琼·露易丝只能在学校大楼背后的煤堆后面玩小额的赌博游戏。对她来说，那个行当固有的风险性远比游戏本身更具吸引力。她的算术不够好，所以不在乎输赢；要去击败平均律这件事儿根本没有真正的乐趣可言，但能欺骗一下布朗特小姐倒是给了她几分快感。她的玩伴是老塞勒姆男孩帮中比较懒的那几个，其中最懒的是一个名叫阿尔伯特·康宁安的人，他思维迟钝，在为期六周的测验季，琼·露易丝给他提供了无价的帮助。

一天，当上课铃声响起时，阿尔伯特一边拍去屁股上的煤灰，一边说："等一下，琼·露易丝。"

她留下来等他。等只剩下他们俩的时候，阿尔伯特说："我想告诉你，这次地理我得了C−。"

"真不赖，阿尔伯特。"她说。

"我就是想要谢谢你。"

"不客气，阿尔伯特。"

阿尔伯特的脸红到了耳根，他一把搂过她，亲吻她。她感觉他温暖湿润的舌头落在她的嘴唇上，不禁向后退缩。以前从未有人像这样吻过她。阿尔伯特放开她，拖着步子朝学校大楼走去。琼·露易丝跟在后面，茫然而略觉恼怒。

她只能容忍男亲戚亲吻她的脸颊，随后她悄悄把脸擦干净；阿迪克斯亲她时如蜻蜓点水，嘴唇碰巧落在哪里就亲在哪里；杰姆一次也没亲过她。她觉得这事儿是阿尔伯特一时失算，于是很快便抛到脑后了。

那一年，课间休息时，她多半和女生聚在树下，坐在人群中间，屈从于她的命运，但眼睛却盯着男生在操场上玩他们季节性的游戏。一天上午，她来晚了，发现那些女生咯咯笑得比往常更鬼祟，便追问起原因来。

"是弗朗辛·欧文。"一个人说。

"弗朗辛·欧文？她几天没来上学了。"琼·露易丝说。

"知道为什么吗？"艾达·贝拉说。

"不知道。"

“是她的姐姐。她们俩都摊上好事了。”

琼·露易丝用手肘轻轻推了推艾达·贝拉，艾达·贝拉在长凳上挪出位置给她。

“她出了什么事？”

“她怀孕了，你知道是谁干的？她的爸爸。”

琼·露易丝说：“什么是怀孕？”

一阵嘘声从围拢的那圈女孩中间升起。“要生孩子了，笨蛋。”有个人说。

琼·露易丝吸收了那个定义，说：“可这和她爸爸有什么关系？”

艾达·贝拉叹了口气说：“她爸爸就是那个爸爸。”

琼·露易丝大笑起来：“得了，艾达·贝拉——”

“是真的，琼·露易丝。告诉你，弗朗辛没怀孕的唯一原因是她还没来那个。”

“来什么？”

“来月经，”艾达·贝拉不耐烦地说，“我敢打赌，他把她们俩都搞了。”

“搞什么？”琼·露易丝此时彻底糊涂了。

那些女孩尖叫起来。艾达·贝拉说：“你怎么什么都不懂，琼·露易丝·芬奇。首先，你——然后，假如你在那以后——在来了以后，搞上的话，你就会有一个实实在在的孩子。”

“搞上什么呢，艾达·贝拉？”

艾达·贝拉抬头扫视了一遍那圈人，眨眨眼。“这么说吧，首先需要有个男生。然后，他紧紧抱住你，非常急促地呼吸，接着他和你舌吻。就在他吻你，张开嘴，把舌头伸进你嘴巴的那一刻——”

她的耳朵里轰隆一声，盖过了艾达·贝拉的声音。她顿时面无血色。她的手掌开始出汗，她努力克制住自己。她不能走，要是她走掉，她们会看出端倪。她站起来，试图微笑，可她的嘴唇在颤抖。她闭紧嘴巴，咬紧牙关。

“反正就是这么回事。怎么了，琼·露易丝？你面如死灰。莫非是我吓到你了吗？”艾达·贝拉得意洋洋地笑着。

“没有，”琼·露易丝说，“我只是感觉有点冷。我要进去了。”

当她穿过操场时，她祈祷她们不会看见她的膝盖在颤抖。进了女厕所，她靠在一个洗手池上，呕吐起来。

不会有错，阿尔伯特朝她伸出了舌头。她怀孕了。

迄今为止，琼·露易丝零散积累的对成年人道德和习俗的认识虽然很少，但也足够了：未婚生子是有可能的，她很清楚这一点。在此之前，她既不了解也不关心那是怎么办到的，因为这个话题乏味无趣，但假如有人未婚诞下一个孩子，这家人便即刻名誉扫地。她曾听亚历山德拉叨叨细述过“家门之耻”，耻辱包括被送去莫比尔，关在一个远离正派人士的家中。这样的人家永远都抬不起头。曾经出过一次这样的事，那次在通往蒙哥马利的那条街上，街道另一头的贵妇小姐们窃窃私语，大惊小怪了好几个星期。

她恨自己，她恨每个人。她没有伤害过任何人。事情如此不公，让她不知所措——她不曾有过坏心眼。

她溜出学校大楼，转过拐角朝家走去，偷偷进了后院，爬到楝树上，在那儿一直坐到吃饭时间。

那顿饭漫长而安静。她几乎没有察觉杰姆和阿迪克斯在桌旁。饭后，她回到树上，坐在那儿，直至黄昏时分她听见阿迪克斯喊她为止。

“从那儿下来吧。”他说。她苦恼极了，没有心情回应他冷若冰霜的口气。

“布朗特小姐打电话来，说你课间休息时离开了学校，没有回去。你去哪儿了？”

“树上。”

“你病了吗？你知道，你要是病了，就直接去找卡尔。”

“我没病。”

“既然没病，你能对你的行为做出什么样合理的解释呢？说个理由？”

“没有理由。”

“好吧，我有话跟你讲。假如再发生这样的情况，我可对你不客气了。”

“明白了。”

她险些开口向他坦白，把她背负的重担转嫁给他，可她没有吱声。

“你确信没有哪里不舒服吗？”

"完全没有。"

"那赶紧进屋吧。"

吃晚饭时，她想把她盛得满满的盘子朝杰姆掷去——一个自以为了不起的十五岁少年，老成地与他们的父亲进行交流。时不时地，杰姆会向她投去轻蔑的目光。我会奉还给你的，放心，她向他保证，只是现在我做不到。

每天早晨她醒来时，都满怀猫一般警觉的活力和无比良好的意愿，每天早晨，那隐约的恐惧又卷土重来；每天早晨，她都满地找那个婴儿。白天，这个噩梦从未远离她当下的意识，在出其不意的时刻断断续续地重现，在她耳边低语，对她冷嘲热讽。

她在字典里查了"孩子"一词，但无甚收获；她查了"分娩"，收获更微。她在家中无意发现一本古书，名叫"魔鬼、药物和医生"，被中世纪的产椅、助产工具的图片，以及有时为了催产把女人反复往墙上扔的信息吓破了胆，说不出话来。她逐步从学校的朋友口中搜集信息，谨慎地每隔几周提问一次，以免引起怀疑。

她尽可能地回避卡波妮，因为她相信卡尔骗了她。卡尔告诉她，所有女孩都有这个，和呼吸一样自然正常，是她们长大的一个标志，将一直持续到她们五十几岁为止。当时，琼·露易丝绝望不堪，因为等到她最终彻底解脱，她已经老得什么都没法享受了，所以她忍住没有追根究底下去。卡尔只字未提孩子和舌吻。

最终，她借欧文家的事试探卡波妮。卡尔说她不想谈那位欧文先生，因为他不配当人，他们会让他蹲很长时间的大牢。是的，弗朗辛的姐姐已被送往莫比尔，可怜的小姑娘。弗朗辛在阿伯特县的浸礼会孤儿之家。琼·露易丝不该满脑子想着那种人。卡波妮已经开始发火了，她只好作罢。

当她发现在那个孩子来临前她还有九个月时间时，她感觉自己像个缓刑犯。她在日历上打钩算日子，可她没把她开始计算前已过去的那四个月考虑进去。随着日子的临近，她终日活在无助的恐慌中，生怕她醒来时，身边躺了个娃娃。孩子长在一个人的肚子里，对此她很肯定。

这个念头在她脑中埋藏了很久，可她本能地对它望而却步：对最终分离的想象让她不堪忍受，可她知道那一天终会来临，到时将无法拖延，无法隐瞒。虽然她与阿迪克斯和杰姆的关系跌到了最低谷（“你这些日子简直是失魂落魄，琼·露易丝。”她的父亲说，“你就不能专心在一件事上五分钟吗？”），但想到生命中若没有他们，天堂再美好，都让人待不下去。可因为被送往莫比尔而使她的家人从今往后抬不起头来就更糟糕了——就连亚历山德拉，她也不愿见她受那份罪。

照她的计算，这个孩子将在十月降生，而在九月的第三十天，她将自杀。

亚拉巴马的秋天姗姗来迟，甚至到了万圣节那天，人们都还用不着穿厚重的外套，能灵便地把门廊上的椅子藏起来。黄昏很长，但夜幕来得相当突然，还没走出五步路，天空已从暗橘色转为黛青色，白天最后一丝热量随着那光逝去，留下客厅经受风霜。

秋天是她最愉快的季节。秋天的声音和形体令人期待：她家附近训练场上朝气蓬勃的身躯穿着皮垫肩，互相碰撞，发出依稀的咚咚声，这一盛况使她想起乐队和冰冷的可口可乐，还有烤花生和空气中看得见的人们的呼吸。连开学也有某些让人憧憬之处——重续旧日的仇怨和友情，连续几周把漫长暑假里忘掉一半的东西再学一遍。秋天，晚饭是热腾腾的，因早晨困得无心享用而错过的食物应有尽有。她的世界正值最美的光景，而她离开这个世界的时间也到了。

她今年十二岁，上七年级。对于相对于小学发生的变化，她并不是很喜欢，她不乐意在一天里去不同的教室上不同老师的课，也不乐意知晓她有一位人人崇拜的哥哥，在某个遥远的地方上高中。阿迪克斯出差到蒙哥马利参加议会的工作，而据她对杰姆的了解，他也跟着阿迪克斯一起去了。

九月三十日，她坐着挨到下课，什么也没学到。放学后，她去了图书馆，待到看门人进来叫她离开为止。她缓步朝镇上走去，尽可能延长停留的时间。天色渐暗，她跨过昔日锯木厂的轨道，朝冰库走去。卖冰的西奥多在她经过时和她打招呼。她沿着那条街往前走，回头看他，直至他走进冰库为止。

镇上的水塔坐落在冰库旁的一片原野上，那是她见过的最高的东西。一架极窄的梯子从地面伸向环绕水塔的一圈小回廊。

她扔下她的书，开始往上爬。当爬过她家后院的楝树顶时，她向下看，感到一阵晕眩，然后抬头仰视剩下的距离。

整个梅科姆镇都在她脚下。她觉得她能看见自己的家：卡波妮在做松饼，过不了多久，杰姆就会结束橄榄球训练回到家。她的目光越过广场，确信她看见亨利·克林顿从“五分丛林”便利超市走出来，抱着一大堆食物。他把买的东西放进一个人汽车的后座。所有街灯同时亮起，她骤然欣喜，面露微笑。

她坐在狭窄的回廊上，把脚悬荡在外面。她掉了一只鞋，接着又脱掉另一只。她很好奇他们会为她举行一个什么样的葬礼：年迈的达夫太太会彻夜不眠，让人在簿册上签名。杰姆会哭吗？要是他哭的话，那倒是破天荒头一遭。

她不知道应该飞身跳下还是仅从边缘滑落下去。假如她背部着地，那也许不会太痛。她不知道他们究竟能否了解她有多么爱他们。

有人猛地抓住了她。她感觉一双手把她的双臂紧紧按在两肋，顿时浑身僵硬。那是亨利的手，因为碰过蔬菜而染上了绿色。他一言不发地把她拉起来，赶着她走下陡峭的梯子。

等他们到了底下后，亨利一把揪住她的头发。“这回我要是不告诉芬奇先生我誓不为人！”他吼道，“我发誓，斯库特！你没有一点脑子吗，到水塔上去玩？你说不定会摔死！”

他又拽了一把她的头发，连带扯下几根。他猛地摇她；他解下他的白围裙，卷成一团，狠狠朝地上扔去。“你知不知道你会丢了自己的小命啊！你没有一点脑子吗？”

琼·露易丝木然地瞪着他。

“西奥多看见你在那上面，就跑去找芬奇先生，没找到，所以找了我。吓死人啦！”

接着，他看出她在瑟瑟发抖，这才明白她不是在闹着玩。他轻轻捉住她的脖根。回家的路上，他试图弄清她在为什么事烦心，可她一句也不肯说。他把她留在客厅，朝厨房走去。

“宝贝，你干什么去了？”

在同她讲话时，卡波妮的话音里总是掺杂着埋怨的慈爱和温和的非难。“汉克先生，”她说，“你还是回店里去吧。弗雷德先生一定在纳闷，你出什么事了。”

卡波妮坚定地嚼着一根枫香木洁齿棍，低头看着琼·露易丝。“你在搞什么名堂？”她说，“你去水塔上做什么？”

琼·露易丝一动不动。

“告诉我吧，我不会告诉芬奇先生的。什么事让你如此心烦，宝贝？”

卡波妮在她旁边坐下。卡波妮已过中年，有一点发福，她拳曲的头发开始变得花白，因为近视而眯缝着眼睛。她把手摊放在腿上，仔细端详。“莫非这世上有糟糕到你讲不出口的事？”她说。

琼·露易丝一头扑倒在卡波妮的腿上。她感觉那双粗糙的手揉捏着她的肩膀和背。

“我要生孩子了！”她啜泣起来。

“什么时候？”

“就在明天！”

卡波妮把她拉起来，用围裙一角擦拭她的脸。“醒醒，你怎么会有这样的念头？”

在大口的喘息之间，琼·露易丝把她的不光彩之事一字不漏地讲述出来，央求不要把她送去莫比尔，或把她的手脚拉开，或把她往墙上扔。“我能不能离开这儿去你家？求求你，卡尔。”她恳请卡波妮暗中帮她渡过难关；等孩子降生后，她们可以趁夜里把孩子送走。

“这阵子，你一直在自己扛着吗？你为什么不说出来呢？”

她感觉卡波妮粗重的手臂搂着她，给予那并不起作用的安慰。她听见卡波妮嘟囔着：

“……不该尽往你脑子里灌输故事……要让我逮到，非宰了他们不可。”

“卡尔，你会帮我的，是不是？”她怯生生地说。

卡波妮说：“天地良心，这还用说吗，宝贝。现在，你得搞明白一件事，你没有怀孕，从来都没有。事情不是那样的。”

“啊，假如我没有怀孕，那我是怎么了？”

“你读了那么多书，却是我见过的最无知的小孩……”她的话音越来越低，“……依我看，你根本一点可能也没有。”

卡波妮慢条斯理地向她简述了那个过程。琼·露易丝听着，这一年来她收集的令人厌憎的信息顿时变得澄澈起来。卡波妮沙哑的声音驱散了她这一年累积的恐惧，琼·露易丝感觉又活了过来。她深吸一口气，感觉到喉咙里凉爽的秋意。她听见厨房里香肠的吱吱声，看见客厅桌上她哥哥收集的体育杂志，闻到卡波妮所用的发乳那苦甜参半的气味。

“卡尔，”她说，“为什么我以前什么都不知道？”

卡波妮皱起眉，寻思答案。“你开窍稍晚一些，斯库特小姐。你没有跟上你自身的步伐……嗨，假如你在农家长大，还没学会走路就知道这些事了，或者，假如身边有个女性——假如你的妈妈还活着，你就会了解这些事——”

“妈妈？”

“是啊。你会看见你的爸爸亲你的妈妈这样的事情，我敢说，你一学会讲话就会问个不停。”

“他们把那些事都做了吗？”

卡波妮露出她镶了金冠的臼齿。“我的乖宝贝啊，你以为你是怎么来的？他们当然做了。”

“哦，我觉得他们没有。”

“宝贝，得等你再长大一些，你才会理解，但你爸爸和你妈妈爱得炽烈如火，当你爱一个人爱得如此之深时，斯库特小姐，嗨，那正是你想做的。那是每个爱得如此之深的人想要做的事。他们想要结婚，他们想要接吻、拥抱，并更进一步，生下孩子，古往今来都是如此。”

“我不相信姑姑和吉米姑父也那样。”

卡波妮扯弄着她的围裙。“斯库特小姐，不同的人因为各种不同的原因而结婚。亚历山德拉小姐，在我看来，是为了保住房子而结婚的。”卡波妮挠挠头，“不过，那不是你需要研究的事，这与你毫无关系。你先管好自己的事，再研究别人的。”

卡波妮站了起来。“现在，你的任务不是去理会那些从老塞勒姆来的人告诉你的事——没人要求你反驳她们，只是别把她们放在心上就行了——要是你想了解什么事，直接跑来找老卡尔。”

“你为什么不一开始就把这些全都告诉我呢？”

“因为事情对你来说开始得稍微早了些，你似乎对此并无多大兴趣，我们猜你对余下的部分也不会有更大的兴趣。芬奇先生说，歇一阵子，等你适应了大概的情况后再说，可我们没指望你这么快就发现了情况，还错得如此离谱，斯库特小姐。”

琼·露易丝放肆地伸了个懒腰，打了个哈欠，庆幸她还活着。她开始犯困，不确定自己是否能坚持到晚饭。“我们今晚是不是有热松饼吃，卡尔？”

“是的，小姐。”

她听见前门砰地关上了，走廊里传来杰姆笨重的脚步声。他奔向厨房，他会打开冰箱，灌下一夸脱牛奶，以解橄榄球训练后的口渴。她在打盹之前，忽然想到，这是她人生中第一次，卡波妮对她说“是的，小姐”和“斯库特小姐”，通常情况下，只有在有重要人士在场时才会用这种称谓方式。想必我是长大了，她想。

杰姆在吧嗒打开吊灯时吵醒了她。她看见他朝她走来，大大的绛紫色字母“M”在他雪白的运动衫上格外醒目。

“三只眼[①]，你醒了吗？”

① 格林童话《一只眼，两只眼，三只眼》中的人物。她的姐姐两只眼念咒语：“三只眼，你醒了吗？三只眼你睡了吗？”她便会睡去。

“别挖苦人。”她说。假如亨利或卡波妮把她的事说出去，她情愿死，但她会拖着他们陪葬。

她凝视她的哥哥。他的头发湿漉漉的，身上有股学校更衣室浓烈的肥皂味。最好先发制人，她想。

“呵，你抽烟了，”她说，“隔着一英里就能闻到。”

“我没有。”

“真搞不懂你怎么可以当对阵开球的队员。你太瘦了。”

杰姆微笑着，拒绝中她的圈套。他们告诉他了，她心想。

杰姆轻拍胸前的“M”。“‘从不丢球的老芬奇’，那就是我。今天下午十个球我接住了七个。”他说。

他走到桌旁，拿起一本橄榄球杂志，打开来迅速翻阅了一遍，然后一边重新翻阅一边说：“斯库特，假如你遇到任何事，或出了什么事——你知道——某些你可能不想告诉阿迪克斯的事——”

“啊？”

“就是，假如你在学校有麻烦或任何事——尽管告诉我。我会罩着你。”

杰姆安步走出客厅，留下琼·露易丝睁大着眼睛，纳闷她是不是完全醒了。

12

阳光照醒了她。她看了看手表。五点钟。晚上有人给她盖了被子。她掀开被子，把脚放在地上坐着，眼睛盯住她修长的腿，惊愕地意识到这双腿二十六岁了。她的平跟休闲鞋整齐地摆放在十二个小时前她脱下来的地方。一只短袜落在鞋旁，而另一只在她脚上。她脱掉那只袜子，轻轻走到梳妆台边，瞥见镜中的自己。

她哀怨地看着自己的映像。你一向都是这副伯吉斯先生所说的“鬼样”，她对镜子说。天哪，我已经十五年没醒来时这副模样了。今天是星期一，从星期六回到家算起，我还剩十一天假期，我在歇斯底里的焦虑中醒来。她嘲笑自己：哟，这是史上最长的假期——比漫长更长，而且一无所获。

她拿了一包烟和三根厨房点火的火柴，把火柴塞在玻璃包装纸的后面，悄悄步入走廊。她打开木门，然后是纱门。

换作平日，她会赤脚站在濡湿的草地上，谛听知更鸟的晨祷；她会沉思，这寂静、素朴的美，随着日出新生，再慢慢逝去，世界上却有一半的人都未曾为它举目，这美便没有了意义。她会走在高耸入东边灿烂天空的黄环纹松树下，她的知觉会折服于这早晨的喜悦。

这一切在等着迎接她，可她既不看也不听。在昨日的事重上心头前，她平静了两分钟：没有什么东西可以扼杀新一天早晨第一支烟的乐趣。琼·露易丝仔细地把烟吹入凝滞的空气中。

她审慎地思及昨天，然后退缩回来。此刻我不敢去想，必须等淡去得够远以后。好诡异，她心想，这肯定类似于身体的疼痛。人们说，你的身体有自我防御机制，当你无法忍受时，你会昏迷，失去知觉。主赐予你的从不会超出你的承受力——

这是梅科姆镇的一句古话，是镇上柔弱的妇人在灵床前守灵时所用的，以期给丧亲之人带去深切的安慰。好吧，她会感到安慰。她会以客气的超然之姿袖手旁观地度过这两个星期，什么也不说，什么也不问，也不指责怪罪。她会尽可能在这种情况下表现得符合期望。

她伸出手臂搭在膝盖上，把头埋入怀中。上帝啊，我真希望撞见你们俩在小酒馆舞厅和两个低俗的女人在一起——草坪要修了。

琼·露易丝朝车库走去，拉起卷帘门。她推出那台汽油发动机，旋开燃料盖，检查油箱。她重新盖好盖子，拨开一根细小的横杆，把一只脚踩在割草机上，另一只脚稳稳地扎在草地上，然后猛地拉了一下启动绳。那机器突突了两下，熄了火。

见他妈的鬼，被我淹缸了。

她把割草机推到太阳底下，然后返回车库，拿了把笨重的树篱修剪刀。她走到车道入口处的下水道旁，剪去两端洞口长得过于茁壮的草。有什么东西在她脚旁移动，她窝拢左手，扑住一只蟋蟀。她徐徐把右手移至那家伙的身下，将它抄起。那只蟋蟀在她掌中疯狂地乱撞，她又将它放下了。“你出来得太晚了，”她说，“回家找你妈妈去吧。”

一辆卡车驶上土丘，停在她面前。一个黑人男孩跳下车子的踏脚板，递给她三夸脱牛奶。她把牛奶提到前门台阶上，在回头往下水道走去的途中，她又拉了一下割草机启动绳。这次机器发动了。

她满意地瞅着身后割过的整齐的草带。青草修剪得清爽利落，散发着溪岸的芬芳。她心想，倘若华兹华斯先生拥有一台割草机的话，英语文学课程将截然不同。

有什么东西闯入了她的视线，她抬起头。亚历山德拉正站在前门口，打着“立刻过来”的手势。我想她一定穿上了紧身褡，我很好奇，她晚上睡觉时到底会不会翻身。

从亚历山德拉站着等她侄女的模样看，几乎没有翻过身的痕迹：她浓密灰白的头发梳得整整齐齐，一如往常；她没有化妆，不过她化不化妆都一样。不知道她一生中是否真正对什么有过感觉。假如弗朗西斯出现的话，也许会刺痛她，可我好奇到底有没有什么东西触动过她。

“琼·露易丝！”亚历山德拉压低嗓音厉声说，“那东西会把镇上这整片区域的人都吵醒！你已经把你父亲吵醒了，他昨晚没合两下眼。赶紧停手！”

琼·露易丝用脚踢关了发动机，骤然的寂静打破了她与他们之间的休战。

“你应该知道，最好别光着脚操作那东西。芬克·休厄尔就是这样被切去了三个脚趾；就在去年秋天，阿迪克斯在后院碾死了一条三英尺长的蛇。老实讲，有时你的行为会让人觉得你‘无法无地’！”

琼·露易丝不由自主地张开嘴笑起来。亚历山德拉偶尔会在用词上张冠李戴，她经常犯这样的错误，最有名的一次是她议论莫比尔一户犹太人家最小的成员年满十三岁时饕餮无度：亚历山德拉称，阿龙·斯坦是她生平见过的最贪婪的小孩，他在他的“忘年礼”吃了十四穗玉米。

“你为什么不把牛奶拿进来？到现在估计已经变酸结块了。”

“我没有想把你们全吵醒，姑姑。”

“但是，我们醒了。”她冷峻地说，“你要吃早餐吗？”

“只要咖啡就好了，谢谢。”

“今天上午，我要你穿好该穿的衣服，替我去一趟镇上。你得开车送阿迪克斯。他今天手脚不大方便。”

她后悔没有在床上待到他出门为止，可他总归还是会叫醒她，让她开车送他去镇上的。

她进屋，走进厨房，在桌旁坐下。她看着亚历山德拉摆在他盘子旁的奇特可笑的用餐工具。阿迪克斯拒绝让人喂饭，芬奇博士想出了解决办法，他把叉子、刀和调羹的手柄塞在木质大线轴的头子里。

“早上好。”

琼·露易丝听见父亲走了进来。她看着她的盘子。“早上好，先生。”

“我听说你不舒服。昨天到家时我去你房间看了看，你睡得很熟。今早好些了吗？”

“全好了。”

“听上去可不像这么回事儿。”

阿迪克斯请主赐予他们感恩的心，对于这餐饭和他们得到的所有恩惠心怀感激，然后拿起他的杯子，却全洒了，牛奶流了一桌子，淌到他的腿上。

“对不起，”他说，“有时候在早晨，我需要慢慢来。”

“别动，我来清理。”琼·露易丝一跃而起，走向水池。她丢了两块洗碗布在那摊牛奶上，又从柜子抽屉里拿出一块干净的洗碗布，吸去她父亲裤子和衬衫前襟上的牛奶。

“这些日子我要支付巨额的洗衣费。”他说。

“一点没错。”

亚历山德拉给阿迪克斯端来培根、鸡蛋和吐司。他的注意力落在了他的早餐上，琼·露易丝认为可以放心地瞅他一眼。

他没有变。他的容貌一如既往。我不明白我为什么会预想他长得像道林·格雷或其他什么人。

电话铃响了起来，她吓了一大跳。

琼·露易丝无法使自己再泰然面对早晨六点的来电，是玛丽·韦伯斯特时间。亚历山德拉接了电话，回到厨房。

“是找你的，阿迪克斯。是县治安官。”

“麻烦你问一下他有什么事，山德拉。”

亚历山德拉回来时说：“有个人出了点事，请他打电话找你——”

“叫他打给汉克，山德拉。他要告诉我的事，不管是什么，都可以告诉汉克。”他转向琼·露易丝，“我很高兴我有一个初级合伙人，还有一个妹妹。两人正好互补。不知道县治安官这个时间打电话来有什么事。”

“我也很好奇。”她淡然地说。

“宝贝儿，我觉得今天你应该让艾伦给你检查一下。你病恹恹的。”

“好的，听你的。”

她暗中观察父亲吃早餐的模样。他努力握着累赘的餐具，就好像是正常大小和形状。她偷瞥了一眼他的脸，看见上面布满白色的胡楂。假如他留胡子，那会是一把白胡子，可他的头发才刚开始变色，他的眉毛依旧乌黑。杰克叔叔已经白到了前额，姑姑的头发全变成花白了。当我老去时，会从哪里开始呢？我为什么在想这些事？

她说：“恕我失陪。”然后端着她的咖啡去了客厅。她把杯子放在一张小茶几上，打开百叶窗，看见亨利的车转入车道。他发现她正站在窗边。

“早上好。你的脸色白得发青。”他说。

“谢谢夸奖。阿迪克斯在厨房。”

亨利看上去和往常无异。睡了一晚后，他的疤痕没那么抢眼了。“你在为什么事生气吗？”他说，“昨天你在楼座上，我朝你挥手，可你没看见我。”

“你看见我了？”

“是啊。我还盼着你在外面等我们呢，可你没有。今天感觉好些了吗？”

“嗯。”

“哎，别对我这么凶。”

她喝下咖啡，告诉自己，她要再来一杯，便跟随亨利走进厨房。他倚着水池，把车钥匙套在食指上转动着。他几乎和橱柜一样高，她想。我再也没法和他讲一句清楚明晰的话了。

“——果真出了事，”亨利说，“那是迟早的。”

“他当时在喝酒吗？”阿迪克斯问。

“不是在喝，而是喝醉了。他进白人区前，在他们开的那家小酒馆舞厅痛饮了一整夜。”

“怎么了？”琼·露易丝说。

“泽布的儿子，”亨利说，“县治安官讲，他把他抓进了监狱——他请治安官打电话给芬奇先生，去接他出来——哼。”

“为什么？”

“亲爱的，泽布的儿子在今早破晓时分离开黑人区，开着车，风驰电掣，撞倒了老希利先生，把他碾死了。”

“啊，怎么会——”

“那是谁的车？”阿迪克斯问。

“我猜是泽布的。”

“你怎么和县治安官说的？”阿迪克斯问。

“叫他转告泽布的儿子，你不会碰这个案子。”

阿迪克斯用手肘抵着桌子，把身体往后推。

“你不该那么做的，汉克，”他温和地说，“我们当然要接。”

感谢你，上帝。琼·露易丝轻轻叹了口气，揉揉眼睛。泽布的儿子，也就是卡波妮的孙子。阿迪克斯也许忘了很多事，但他绝不会忘记他们。昨天正飞快地化为痛苦的一夜。可怜的希利先生，他有可能喝得酩酊大醉，根本不知道是什么撞了他。

“可是芬奇先生，”亨利说，“我以为没有——”

阿迪克斯在椅子角缓缓挪动他的手臂。他习惯在集中精神时用手指拨弄表链，心不在焉地在表袋里翻寻。今天他的两只手没有动。

“汉克，我猜想，等我们了解了案子的全部实情后，对那孩子来说，最好的办法是认罪。现在，由我们代表他出庭，不是比让他落入不当的人手中更好吗？”

亨利的脸上慢慢漾开笑容。“我明白你的意思，芬奇先生。”

“哎，我不明白，”琼·露易丝说，“什么不当的人手中？”

阿迪克斯转向她。“斯库特，你可能不知道，全国有色人种协进会所雇的律师，正虎视眈眈地在南部这儿候着，等待这样的事发生——”

“你指黑人律师吗？”

阿迪克斯点点头。“对。现在我们州已经摊上三四个了。他们主要在伯明翰之类的地方，但在一轮一轮的律师团巡回中，密切关注等待，就等出现某件黑人伤害白人的重罪——他们消息灵通得让人惊讶——他们介入并……好吧，用你可以理解的话来说，他们要求在这类案子的陪审团中加入黑人。他们传讯陪审团审选官，他们要求法官下台，他们使出他们书本里每一招法律上的诡计——他们有的是——他们试图强迫法官犯错。而最重要的是，他们一心想把案子上诉到联邦法院，他们知道在那儿形势对他们有利。这已经在与我们相邻的管辖区里发生过，理论上，没人能说不会发生在这儿。”

阿迪克斯转向亨利。“正因为如此，所以我说，假如他找我们，我们就要接他的案子。”

“我以为全国有色人种协进会是不准在亚拉巴马活动的。”琼·露易丝说。

阿迪克斯和亨利看着她，笑了起来。

“亲爱的，”亨利说，“你不知道，当时阿伯特县发生类似的事时闹成了什么样。今年春天，我们以为会有一阵子大麻烦。这边与他们一河之隔，这里的人甚至囤购了所有他们能觅获的军火弹药——”

琼·露易丝走了出去。

在客厅里，她听见阿迪克斯用平和的声音说：

“……这样略微遏制一下趋势……好在他要求找一个梅科姆当地的律师……”

就算再恶心反胃，她也会忍住，不把咖啡吐出来。卡波妮的族人一贯首先求助的人是谁？阿迪克斯帮泽布办理过多少次离婚手续？五次，至少五次。这个儿子是哪任妻子生的？这回他真是遇上了麻烦，他需要真正的援助，可他们却只顾坐在厨房里谈论全国有色人种协进会……就是在不久以前，阿迪克斯会纯粹出于好心而那么做，他会为了卡尔那么做。今天上午我一定要去看望她，不得有误……

是什么样的事毒害了这些她所爱的人？是不是因为她没有亲身体验，所以在她看来这些事格外触目惊心？是不是经年累月逐渐渗透才到了今天的地步？是不是一直都在她的眼皮底下，只要她睁眼就能发现？不，并不是在眼皮底下。是什么把普通人变成声嘶力竭的渣滓？是什么使她的同类铁石心肠，说出以前不曾从他们口中冒出过的词——“黑鬼”？

“让他们安分守己，我希望。”亚历山德拉一边说，一边跟阿迪克斯和亨利走进客厅。

“无需发愁，”亨利说，“我们会有对策的。今晚七点三十，亲爱的？”

“嗯。”

“嗳，你别这么冷若冰霜嘛。”

阿迪克斯咯咯一笑。“她已经厌倦你了，汉克。”

“我能现在载你去镇上吗，芬奇先生？虽然还早得很，但我想过去，趁着早上凉快，处理一些事。”

“不用了，谢谢，等会儿斯库特会送我过去。”

他用到她童年时的名字，让她感觉震耳欲聋。你永远别再那么叫我了。那个喊我斯库特的你，死了，进了坟墓。

亚历山德拉说："我把要在'五分丛林'便利超市买的东西给你列了一张清单，琼·露易丝。赶紧换衣服。你可以先去镇上——超市开门了——然后回来接你父亲。"

琼·露易丝走进浴室，打开浴缸上的热水龙头。她走进卧室，从衣橱里抽出一条棉布连衣裙，搭在肩膀上。她在她的手提行李箱里找出某双平跟鞋，拣了一条内裤，统统带进浴室。

她望着药柜镜子里的自己。如今谁是道林？

她的眼睛下有青褐色的黑眼圈，从鼻孔到嘴角的法令纹一目了然。这些都是确凿无疑的，她想。她拉扯一边的脸颊，仔细端详那道细微的皱纹。我压根儿不在乎。到我准备结婚时，我都九十岁了，然后事已晚矣。谁来埋葬我呢？显然我是年纪最小的——这是要小孩的一个原因。

她关掉热水，换放冷水，到了她可以接受的温度时，她跨入浴缸，不慌不忙地擦洗身体，把水放了，擦干身体，迅速穿上衣服。她冲刷了一遍浴缸，擦干手，把毛巾摊开，挂在架子上，走出了浴室。

"搽点口红。"她的姑姑在走廊里碰见她时说。亚历山德拉走到衣橱旁，拖出吸尘器。

"那个，等我回来弄吧。"琼·露易丝说。

"等你回来时，已经弄完了。"

日头尚未开始炙烤梅科姆镇的人行道，但也快了。她把车停在食品杂货店门前，走了进去。

弗雷德先生与她握手，说很高兴见到她，然后从冰箱里取出一瓶湿漉漉的可乐，用他的围裙擦了擦递给她。

这是人生中一件永久不变的美好之事，她想，只要他活着，只要她归来，弗雷德先生总会在这儿，还有他的……简单的欢迎仪式。那是哪本书里的人物？爱丽丝？兄弟兔？不，是《柳林风声》里的鼹鼠。那只鼹鼠结束某段漫长的旅程归来时，疲惫不堪，发现熟悉的事物以其简单的欢迎仪式等待着他。

“我会帮你把要买的这些东西找齐，你可以好好享用你的可乐。”弗雷德先生说。

“真是太感谢了。”她说。琼·露易丝瞅了一眼清单，惊讶得眼睛睁得老大。“姑姑真是越来越像约书亚表叔了。她要喝鸡尾酒用的小餐巾做什么？”

弗雷德先生咯咯一笑：“我猜她指的是宴会用的餐巾。我从没听她提过任何一种鸡尾酒的名字。”

“以后也不会听到她提。”

弗雷德先生去忙他的工作，不一会儿，从店铺后面传来他的喊声：“听说希利先生的事了吗？”

“啊——嗯。”琼·露易丝说。她是律师的女儿。

“不知道是什么撞了他，”弗雷德先生说，“话又说回来，不知道他要去哪里，可怜的老家伙。他喝的蹩脚酒比我见过的任何人都多。那是他的一大成就。”

“他以前不是用酒瓶子吹奏乐曲吗？”

“可不是嘛，”弗雷德先生说，“你可记得，过去，他们晚上在县府大楼有才艺演出？他每次都会登场，吹那个酒瓶子。他会灌满酒带去，喝掉一点，把音调降低，然后继续喝，直至调子很低为止，然后表演独奏。每次都是那首《老丹·塔克》，他总是引起女士们的愤慨，可她们从来没有证据。你知道，纯的烈酒没有多大气味。”

“他靠什么为生？”

“我想是抚恤金。他参加过西班牙——和你讲实话，他打过仗，但我记不得是什么仗了。这是你要买的东西。”

“谢谢你，弗雷德先生，”琼·露易丝说，“我的天哪，我忘记带钱了。我能把收据留在阿迪克斯的书桌上吗？他等会儿会过来。”

“没问题，亲爱的。你爸爸怎么样？”

“他今天黑着脸，但就算天塌下来他也会去上班的。”

“你这次为什么不索性留下来呢？”

她在弗雷德先生脸上看到的只是不含刺探之意的和悦，便放下了防备：“我会的，总有一天。”

“你知道，我参加过第一次世界大战，”弗雷德先生说，“我没有去海外，但我见识了这个国家的许多地方。我不想回来，所以战争结束后我在异乡待了十年，但在外面待得越久，我越思念梅科姆。到最后，我觉得我必须回来，否则我会死掉。你永远无法将梅科姆从你骨子里剔除。”

“弗雷德先生，梅科姆镇就和其他任何小镇一样。取一个具有代表性的——”

“不一样，琼·露易丝，你很清楚。”

“你说得对。”她点点头。

那不是因为这是你人生开始的地方，那是因为这是人们出生、出生、出生，直至最终有了你的地方，那个在“五分丛林”便利超市喝着可乐的你。

如今，她察觉到一种尖锐的分离，一种割裂，不仅仅是同阿迪克斯和亨利。全梅科姆镇和梅科姆县都在时间的流逝中离她而去，她不由得自责起来。

她上车时撞到了头。我永远不会习惯这些东西。杰克叔叔的哲学说中了几个要点。

亚历山德拉从后座拿出食品和杂货。琼·露易丝探身为她父亲打开车门，然后伸手越过他，把门关上。

“今天上午要用车吗，姑姑？”

“不用，亲爱的。你要去什么地方吗？”

“是的。我不会去太久。”

她的目光紧紧盯着街道。我怎么也做不到看他、听他、和他说话。

她在理发店门前停下车，说：“问问弗雷德先生我们欠他多少钱。我忘记把收据从袋子里拿出来了。我跟他说你会付他钱的。”

她为他打开车门，他步入街道。

“当心！”

阿迪克斯朝驶过那辆车的司机挥挥手。“没有撞到我。”他说。

她开车绕过广场，驶下默里迪恩主干道，来到马路的一处岔口。这儿想必就是出事的地方，她想。

深色的斑迹留在红色的石子上，有路面的道路在这儿到了尽头，她开车从希利先生的血上驶过。到了土路的一处岔口时，她右拐驶入一条极窄的巷子，这辆大汽车两边都没什么多余的空间了。她一直往前开，开到不能再开下去为止。

一排车倾斜着半停在沟渠里，挡住了路。她停在最后一辆后面，下了车。她沿着那列车往前走，经过一辆一九三九年产的福特、一辆难以确定生产年份的雪佛兰、一辆威利斯，还有一辆湖蓝色的灵车，前门上有“天国安息”的字样，印在一个铬质的半圆里。她吓了一跳，往里面张望：后面，成排的座椅用螺丝固定在底板上，没有空间放下一个躺着的人，无论活的还是死的。这是一辆出租车，她想。

她拉下门柱上一个铁丝环，走了进去。卡波妮的院子是个扫院。琼·露易丝看得出，才清扫过不久，平滑的足印间，笤帚划过的痕迹依旧可见。

她抬头看到卡波妮的小屋门廊上站着好些黑人，身着新旧程度不一的出门装束：两名妇女穿了她们最好的行头，其中一名套着一条印花棉布围裙，另一名穿着她的野外服。琼·露易丝认出其中一名男子是切斯特·森普特教授，西奈山贸易学院的校长，那是梅科姆县最大的黑人学校。森普特教授和平时一样穿着一身黑衣。另一个穿黑西装的男子她不认识，但她知道，他是牧师。泽布穿着他的工作服。

他们看见她时，站直身子，从门廊边缘向内退，站成一队。男人们摘下各自的帽子，穿围裙的那个女人十指交叉，把手放在围裙里面。

“早上好，泽布。”琼·露易丝说。

泽布打破队形，向前迈步。“你好哟，琼·露易丝小姐。我们不知道你回来了。”

琼·露易丝敏锐地察觉到那些黑人在看她。他们站着，沉默而恭敬，目不转睛地望着她。她说：“卡波妮在家吗？”

“在，琼·露易丝小姐，妈妈在屋里。要我去叫她来吗？”

“我可以进去吗，泽布？”

“可以。”

那些黑人往两边分开，给她让出进前门的路。泽布搞不清礼数，打开门站到后面，请她进去。“带路吧，泽布。”她说。

她跟着他走进一间昏暗的小会客室，里面缭绕着麝香般的芬芳，来自干净的黑人、鼻烟和爱心牌发乳。几个模模糊糊的身影在她走进去时站起身来。

“这边，琼·露易丝小姐。”

他们走过一条细小的过道，泽布轻叩一扇没有刷过漆的松木门。“妈妈，”他说，“琼·露易丝小姐来看你了。”

门轻轻地开了，泽布的妻子把头探了出来。她走到过道里，那狭小的空间刚好容下他们三人。

“你好，海伦，”琼·露易丝说，“卡波妮怎么样？”

“她痛不欲生，琼·露易丝小姐。弗兰克他以前从未出过岔子……”

所以，是弗兰克。在她所有形形色色的子孙里，卡波妮最引以为傲的就是弗兰克。他在塔斯基吉学院的候补录取名单里。他是天生的管道工，会修理任何有水从中间流过的东西。

海伦靠在墙上，因怀过多个孩子而腹部下垂，身形显得笨重。她光着脚。

“泽布，”琼·露易丝说，“你和海伦又在一起了？”

“是的，”海伦平静地说，“他老了，玩够了。”

琼·露易丝朝泽布微笑，他一副羞怯的模样。琼·露易丝这辈子也理不清泽布的家谱。她猜海伦应该是弗兰克的母亲，但她拿不准。她很确定海伦是泽布的第一任妻子，并确信她是他的现任妻子，但这中间有过多少任呢？

她记得阿迪克斯在他的办公室里讲起过这对夫妇，那是多年以前，他们去他那儿办离婚手续。阿迪克斯试图调解，问海伦，她是否愿意重新接受她的丈夫。“决不，芬奇先生，”她慢悠悠地回答，“泽布，他一直到处拈花惹草。他已经不喜欢我了，我不要一个不喜欢我的丈夫。”

“我能见见卡波妮吗，海伦？”

“可以，尽管进去吧。”

卡波妮坐在房间壁炉旁一角的一张木摇椅上。房间里放了一个铁床架，上面铺着印有双喜环花样的棉被，已经褪色了。墙上有三幅巨大的镶镀金相框的黑人照片和一本可口可乐的日历。简陋的壁炉台上摆满了色彩鲜艳的小艺术品，有石膏的、瓷的、黏土的和乳白玻璃的。电线上吊着一个裸露的灯泡，从天花板上悬挂下来，灯泡亮着，把轮廓分明的人影投在壁炉后面的墙上和卡波妮所坐的角落里。

她看起来那么瘦小，琼·露易丝想，以前的她是多么高大。

卡波妮老了，她瘦骨嶙峋。她的视力衰退，戴了一副黑框眼镜，与她暖棕褐色的皮肤形成鲜明对比。她宽大的手放在腿上，琼·露易丝进去时，她举起双手，张开手指。

在看到卡波妮瘦骨嶙峋的手指的那一刻，琼·露易丝一阵喉咙发紧。那些手指，在琼·露易丝生病时曾如此温柔，在她犯错时硬如乌木，那些手指，在很久以前履行了充满微妙复杂之爱的职责。琼·露易丝把那双手贴在自己的嘴边。

“卡尔。”她说。

“坐下，宝贝，”卡波妮说，“有椅子吗？”

“有，卡尔。”琼·露易丝拉了一把椅子，坐在她的老朋友面前。

“卡尔，我是来对你说——我来对你说，假如有什么我能为你做的事，请务必告诉我。”

“谢谢你，小姐，”卡波妮说，“据我所知没有。”

“我想告诉你，芬奇先生今天一早就收到了消息。弗兰克让县治安官打电话给他，芬奇先生会……帮他的。”

话到了她的嘴边却说不出来。换作前天，她会自信地说出“芬奇先生会帮他的”，阿迪克斯能将黑夜变成白昼，她对此很有把握。

卡波妮点点头。她昂着头，眼睛直盯着前方。她看不清楚，琼·露易丝想，我不知道她几岁了，我从来都不知道她的确切年龄，我怀疑她自己也不知道。

琼·露易丝说：“别担心，卡尔。阿迪克斯会竭尽全力的。”

卡波妮说：“我知道他会，斯库特小姐。他每次都竭尽全力。他总是行事端正。”

琼·露易丝张大嘴巴，盯着这位老妇人。卡波妮正襟危坐，像在正式场合一样，伴随而来的还有稀奇古怪的文法。琼·露易丝不可能不注意到这一点，除非地球停止转动，除非树木结冰，除非大海交出它埋葬的死人。

“卡波妮！”

她依稀听见卡波妮的说话声：“弗兰克，他做错了……他要为此付出代价……我的孙儿。我爱他……可他要去坐牢了，不管有没有芬奇先生……”

“卡波妮，别说了！”

琼·露易丝站起身。她感觉眼泪涌了上来，茫然地朝窗户走去。

卡波妮没有动。琼·露易丝转过身，看见她坐在那儿，好像在平稳地吸气。

卡波妮用的是待客的虚礼。

琼·露易丝重新在她面前坐下。“卡尔，”她哭喊道，“卡尔，卡尔，卡尔，你想把我怎么样？出了什么事？我是你的宝贝，你忘了吗？你为什么把我拒之门外？你想把我怎么样？”

卡波妮抬起双手，轻轻搁放在摇椅的扶手上。她的脸上布满无数细小的皱纹，她的眼睛在厚厚的镜片后面模糊不清。

“你们这些人想把我们怎么样？”她说。

“我们？”

“是的，我们。”

琼·露易丝放慢语速，更多的是在自言自语而不是对卡波妮说话：“从我出生以来，我做梦也没想到会有这样的事发生。但确实发生了。我不能和从我两岁开始抚养我长大的人讲话……事实就在眼前，我坐在这儿，不敢相信这是真的。和我说说话，卡尔。看在上帝的分上，赶紧和我说说话吧。别像那样坐在那儿！”

她审视这位老妇人的脸，她知道没有希望了。卡波妮正注视着她，眼睛里没有一丝同情之意。

琼·露易丝起身准备离去。“告诉我一件事，卡尔，”她说，“在我走之前，告诉我一件事——求求你，我必须搞清楚。你恨我们吗？”

卡波妮坐着，沉默不语，背负着岁月压在她身上的担子。琼·露易丝等待着她的回答。

最后，卡波妮摇了摇头。

“泽布，”琼·露易丝说，“如果有我能效力的地方，看在老天的分上，请来找我。”

“好的，”这个大块头的男人说，“但看起来似乎没有。弗兰克他确实伤了人，谁都无能为力。芬奇先生对于这样的事也无能为力。你在家的这段时间，有需要我帮忙的地方吗，小姐？”

他们站在门廊上为他们留出的空道中。琼·露易丝叹了口气。“有，泽布，就是现在。你可以过来帮我把车掉个头。我快开到玉米田里去了。”

“好的，琼·露易丝小姐。”

她望着泽布在逼仄的道路上操纵那辆车。我希望我可以回家去，她想。“谢谢你，泽布，”她疲惫地说，“记住这一刻。”这个黑人用手触了一下帽檐，然后回头朝他母亲的屋子走去。

琼·露易丝坐在车里，盯着方向盘。这个世上我所爱过的一切，在两天之内，都离我而去了，这是为什么？杰姆会不会背弃我？她爱我们，我敢肯定她爱我们。她坐在那儿，在我的面前，她看到的不是我，她看到的是白人。她抚养我长大，而她并不在乎。

事情不是一直都这样，我敢肯定不是。以前人们出于某种原因而互相信任，我忘记是什么原因了。那时，他们不虎视眈眈地注视彼此。十年前，踏上那些台阶时，不会有人那样看我。她从不在我们面前摆出待客的虚礼……杰姆——她心爱的杰姆——他死的时候简直要了她的命……

琼·露易丝记得，两年前，一天下午晚些时候，她去卡波妮的家。她坐在她的房间里，就像今天一样，眼镜滑到了她鼻子上。她一直哭个不停。“一直都那么乖，”卡波妮说，“这辈子一天麻烦都没惹过，我的宝贝。他退伍回乡时给我带了一件礼物，他送给我一件电热外套。”卡波妮微笑时，脸上现出千万道皱纹。她走到床边，从床底下拉出一个大盒子。她打开盒子，举起一块硕大的黑皮革。那是德国飞行员的外套。“瞧见了吗？”她说，“有开关。”琼·露易丝检查了那件外套，发现里面埋了极细的金属丝，有一个口袋是装电池的。“杰姆先生说，这件外套可以在冬天给我这把老骨头保暖。他让我别害怕那东西，但在它闪出火花时要小心。”卡波妮穿上电热外套，令她的朋友和邻居羡慕不已。“卡尔，”琼·露易丝说，“请回来吧。假如你不在那儿，我无法安心地回纽约去。”那似乎起了作用：卡波妮挺直身子，点点头。“是的，小姐，”她说，“我会回来的。请你放心。”

琼·露易丝按下发动按钮，汽车缓缓沿着道路向前驶去。伊妮，米妮，明妮，妹。抓住黑鬼脚指头。他若大叫放他走……[1]上帝啊，帮帮我。

---

① 来源于一首民谣，常见的版本是：“伊妮、米妮、明妮，妹，抓住老虎脚指头。它若大叫放它走，伊妮，米妮，明妮，妹。”

第五部

13

亚历山德拉在厨房桌旁，专心致志地按步骤准备食物。琼·露易丝踮着脚，想从她身旁溜过，却没有成功。

“过来，瞧瞧这个。”

亚历山德拉从桌旁后退了几步，露出几个雕花玻璃的大浅盘，上面叠了三层精美的三明治。

“那是阿迪克斯的午餐吗？”

“不，他今天想在镇上吃。你知道，他不喜欢和一帮女人碰在一起。”

见鬼，我的老天爷。咖啡茶会。

“亲爱的，你为什么不去把客厅收拾一下呢？她们一个小时后到。”

“你邀请了谁？”

亚历山德拉报出一串客人的名字，这份名单实在是很荒唐，琼·露易丝重重叹了口气。有一半女人比她年轻，一半比她年长；在她的记忆中，她和这些人没什么交情，除了一个女的，整个小学期间，她们一直在吵架。“我的同班同学去哪里了？”她说。

“在附近吧，我想。”

啊，是的，在附近，在老塞勒姆和林区更深处。不知道他们的命运如何。

“你今天上午去串门了？”亚历山德拉问。

“去看了卡尔。”

亚历山德拉的刀子当啷敲在桌上。“琼·露易丝！”

“嗨，又怎么了？”这是最后一个回合，以后我再也不和她起冲突了，所以帮帮我，上帝。在她看来，我这辈子就没能做对过一件事。

“别激动，小姐。”亚历山德拉的声音冷冷的，“琼·露易丝，在他们对我们做了那些事以后，梅科姆县没有人再去看黑人了。现在，除了偷懒以外，他们看你的眼神也很傲慢，完全不加掩饰。鉴于他们是这样的态度，你那样做就不妥。

“那个全国有色人种协进会来了这儿，净给他们灌输有害的思想，他们整个脑袋都泡在了这毒液里。全靠我们这位铁腕的县治安官，我们县至今还没出乱子。你没认识到现在的局势。我们一向善待他们，自古以来，我们将他们保释出狱，为他们偿还债务，没有工作时，我们给他们创造工作机会，我们鼓励他们进步，他们倒是开化了，可我的乖乖——那层外表粉饰的文明如此之薄，一百年的进步就这样给一帮骄横自大的扬基黑人给粉碎了，在不足五……

“决不，小姐，他们就用这样的方式来感谢我们对他们的照顾，如今，梅科姆县再也没有人乐意在他们惹上麻烦时帮他们了。他们做的尽是恩将仇报的事。坚决不，再也不——他们可以自己想办法，哼。”

她睡了十二个小时，她的肩膀累得酸痛。

“玛丽·韦伯斯特的女儿莎拉加入那协会已经好几年了——还有镇上每家每户的厨子。卡波妮离开时，我完全没兴趣再找一个新的，反正也只剩下阿迪克斯和我两个人了。现如今，要哄一个黑鬼开心，就跟侍奉一位国王——”

我高尚的姑姑讲起话来就像格雷迪·欧汉隆先生——这个人辞了职，把全部时间投入到了维护种族隔离事业上。

“你必须帮他们又拿又提，直到最后你都搞不清是谁伺候谁。现如今，真不值得费那个心——你要去哪里？”

“去整理客厅。”

她瘫坐在一张宽大的扶手椅里，思量着，发生的种种已使她变得一无所有。我的姑姑现在是个充满敌意的陌生人，我的卡波妮不愿和我有任何干系，汉克失去了理智，而阿迪克斯——是我出了问题，问题出在我。一定是这样，因为这些人不可能统统都变了。

为什么他们没有汗毛直竖？他们怎么能把在教会听到的一切奉若神明，然后说出他们做的事、谛听他们听到的话而不觉得想吐呢？我以为我是基督徒，但我不是，我是另类，我也不知道是什么。我曾经接受的一切是非判断都是这些人教我的——就是这些，就是这些人。所以问题在我，不在他们。是我出了毛病了。

他们个个都试图用某种让人不明所以、此唱彼和的方式告诉我，一切都是黑人的原因……可那些黑人和我一样不会飞啊，天知道，现在，我也许会随时从这窗户里飞走。

“你收拾完客厅了吗？”亚历山德拉正站在她的跟前。

琼·露易丝起身收拾了客厅。

名单上那些叽叽喳喳的人于十点三十分准时抵达。琼·露易丝站在前门台阶上，在她们进门时，逐个欢迎她们。她们戴着手套和帽子，散发着高贵脱俗的香精油、香水、香露和痱子粉的气味。她们化的妆会令埃及的画师汗颜，她们的服饰——特别是她们的鞋——一定是在蒙哥马利或莫比尔购买的：琼·露易丝认出了 A. 纳克曼、盖菲尔、利维、哈梅尔几大百货公司的货色，遍布在客厅的各个角落。

时下她们的话题是什么？琼·露易丝已不闻窗外事，但她很快补了回来。新婚的人喋喋不休，得意洋洋地谈论着她们的鲍勃和迈克尔，谈论着她们和鲍勃、迈克尔结婚才四个月，鲍勃、迈克尔就已各自重了二十磅。琼·露易丝顶住诱惑，没去提示她年轻的宾客，她们爱人的快速发胖可能有临床原因。她又把注意力转向尿布组，这让她苦不堪言：

杰里两个月大时，他抬起头看着我说……训练孩子大小便真该及早开始……受洗时，他一把抓住斯通先生的头发，斯通先生……现在尿床了。我让她改掉吮手指习惯的同时，也让她改掉了那个习惯还有……那可——爱极了，绝对是你见过的最可爱的运动衫，上面有一头红色的小象，亚拉巴马大学橄榄球队的名字“红潮”就印在胸前……我们花了五块钱，拔掉了那颗牙。

“轻骑旅”坐在她的左边，她们的年龄在三十到三十五之间，她们把绝大部分业余时间投入在抄写小镇历史档案、打桥牌和互相攀比家用电器上：

约翰说……卡尔文说那是……肾脏，但艾伦不让我吃油炸的东西……我被那拉链卡住时，我情愿从未……不懂到底是什么使她认为她可以脱身……可怜的家伙，假如我是她，我会接受……休克疗法，她在做的就是这个。他们说她……每个星期六晚，当劳伦斯·卫尔克的节目开始时，把地毯踢到一边……并大笑着，我想我要死了！就是他，在……我以前的结婚礼服，你知道，我还能穿得下。

琼·露易丝看着她右边的三个“终年希望派”。她们是乐观开朗、品性优异的梅科姆姑娘，从未出过风头。结了婚的同龄人在她们面前摆出一副优越神气的样子，人们隐隐为她们感到惋惜，安排她们与任何一位碰巧来探访友人的没有对象的单身汉约会。琼·露易丝冷笑着看着其中的一个——琼·露易丝十岁时，她唯一一次主动想要加入一伙人的行列，有一天她问莎拉·芬利：“今天下午我能来看你吗？”“不行，”莎拉说，“妈妈说你太粗野。”

现在我们都是孤家寡人，虽然原因截然不同，但感觉一样，不是吗？

那几个“终年希望派”自顾自悄悄地聊天：

我度过的最漫长的日子……在银行大楼的后面……路上建起了一栋新房子，挨着……培训工会，把那全加起来，你每周日有四个小时待在教会……我告诉弗雷德先生多少次了，我要的西红柿是……酷热难耐。我告诉他们，假如他们不在那间办公室装空调，我就……放弃整场比赛。嗳，谁会想要要那样的把戏？

琼·露易丝纵身跳进火坑：“还在银行工作吗，莎拉？”

“天哪，当然。在那儿干到我累垮为止。”

嗯。“啊，简到底怎么了——她姓什么来着？就是你的高中朋友？”莎拉和这位不知姓什么的简曾经形影不离。

“她啊，她在战时嫁了一个非常特别的男生，现在她说‘啊’时舌头卷成那样，你绝对认不出她来。”

“哦？她现在住在哪里？”

“莫比尔。她在战时去了华盛顿，染上了这讨人厌的口音。大家都认为她装腔作势得厉害，可没人有胆向她当面指出，所以她依旧那副样子。记得她以前高昂着头走路的样子吗？像这样……她现在还是这样。”

“真的啊？”

“嗯哼。”

当琼·露易丝看到亚历山德拉打的手势时，心想，姑姑用得着她了，该死的。她走进厨房，端出一盘垫饮料杯的小餐巾。在依序传递给她们时，琼·露易丝感觉自己仿佛在顺着一架巨型羽管键琴的阶梯琴键往下弹：

我这辈子从来没有……看见那幅了不起的画……和老希利先生……摆在壁炉架上，自始至终在我眼前……可不是吗？就快十一点了，我想……她将来会以离婚收场。毕竟，他那样……整整九个月，每个小时帮我搓背……会要了他的命。夜里每五分钟尿一次。我制止了……向我们班上的每个人，除了从老塞勒姆来的那个万人嫌的女生以外。对她来说没有区别……字里行间的，可你很清楚他是什么意思。

用三明治提高音阶：

塔尔伯特先生看着我说……他永远也学不会坐便盆……豆子，每周四晚上。那是他染上的唯一一样扬基佬的习惯，在……涡轮机？不，亲爱的，我是说沃伦提议……向那个收垃圾的家伙。我能做的只有那么多，在她经历了……黑麦。我就是忍不住，那让我感觉像个大……阿门！等那结束时我会乐开怀……他那样对待她……成堆成堆的尿布，他说我为什么这么累？毕竟，他一直……自始至终在卷宗里，就放在那儿。

亚历山德拉走在她后面，用咖啡抑制了这些键音，直至减弱为喃喃细语。琼·露易丝判定，“轻骑旅”可能与她最为相投，于是她拉了张脚凳，加入她们。她打断赫斯特·辛克莱的话：“比尔怎么样了？”

“挺好。生活一天比一天艰难。今早老希利先生的情况没那么严重吧？”

“严重极了。”

赫斯特说：“那小子和你们家不是有点关系吗？”

“是。他是我们家卡波妮的孙子。”

“神呀，现如今我根本搞不清他们是谁，全是那些年轻人。他们估计会以谋杀罪审理他吧？”

“依我看是过失杀人罪。”

“哦。”赫斯特显出失望的神情，“对，我想没错。他不是有意的。”

“对啊，他不是有意的。”

赫斯特笑起来。“不过我想我们能来点刺激的事了。”

琼·露易丝的头皮一颤。我猜我正在丧失我的幽默感，也许这就是问题所在。我正在变得像埃德加表叔一样。

赫斯特在说：“——这一带已经十年没有大的审讯了，我指的是审讯黑鬼的大案。只有伤人和醉酒而已。”

“你喜欢上法庭吗？”

“喜欢啊。去年春天的离婚案是你平生见过的最激动人心的案件。几个从老塞勒姆来的乡巴佬。幸好泰勒法官死了——你知道，他有多痛恨这种事，总是要求女士们离开法庭。新来的这位可不在乎。哎呀——”

“容我打断一下，赫斯特。你需要再来点咖啡。”

亚历山德拉正端着沉重的银咖啡壶。琼·露易丝望着她倒咖啡。她一滴都没溅出来。假如汉克和我——汉克。

她朝又长又低的客厅放眼望去，目光扫过那两排女人——这辈子和她仅有点头之交的女人，同她们讲话，不出五分钟她就无计可施，死翘翘了。我想不出能和她们说什么。她们不停地聊着她们做的事，而我不知道怎么去做她们所做的事。假如我们结了婚——只要我嫁的是镇上的本地人——这些人就会成为我的朋友，而我却想不出一样可以和她们交流的事。我将是沉默的琼·露易丝。凭我的一己之力，我什么事儿都搞不定，而姑姑将迎来她人生的巅峰。我会被教会的仪式闷死，被桥牌聚会闷死，被唤去给抄写员会社做书评，人们会指望我成为社区的一分子。我需要付出许多我没有的东西，来成全这桩婚姻。

“一件教人悲伤扼腕的事，”亚历山德拉说，“但他们就是那德行，他们改不了。卡波妮是同类里的佼佼者。她的那个泽布，那个流氓，依然兽性未改，可你知道，卡波妮让他娶了每个同他发生关系的女人——我觉得有五个，卡波妮却让他娶了所有的五个。那就是他们的基督教精神。”

赫斯特说：“根本无法判断他们脑子里在想什么。我家的苏菲哟，有一天我问她，‘苏菲，’我说，‘今年的圣诞节是哪一天？’苏菲挠挠她的那头乱毛，说：‘赫斯特小姐，我觉着今年是在二十五号。’哈哈，笑死人。我想知道的是星期几，不是几号。笨——蛋！”

幽默，幽默，幽默，我丧失了我的幽默感。我正在变得像《纽约邮报》一样。

“可你知道他们仍在行动。阻止他们等于迫使他们转入地下。

比尔说，即使再来一场奈特·特纳暴动[①]，他也不会感到意外，我们正坐在炸药桶上，我们不妨做好准备。”赫斯特说。

“唉，哦——赫斯特，当然，我对此了解不多，但我认为，蒙哥马利帮把集会的大部分时间花在了教堂祈祷上。”琼·露易丝说。

“噢，我的宝贝儿啊，你不知道那只是为了博取东部人的同情吗？那是人类已知的最古老的把戏，你可知道，德国皇帝威廉二世活着时还每晚向上帝祷告呢。”

琼·露易丝的脑海中回荡着一首荒唐的打油诗。她在哪里读到的？

神权在上，我亲爱的奥古斯特，
我们已有另一位威严的大鳄；
十万法国人被打入地狱。
赞美上帝赐予一切佑福。

她不知道赫斯特是从哪里得来的消息。她想象不出赫斯特·辛克莱会读《好管家》以外的书本杂志，除非是在强大的外力胁迫下。有人告诉她的。是谁？

“你现在对历史感兴趣啦，赫斯特？”

---

① 1831 年发生在弗吉尼亚州的一场奴隶起义，领导人是黑奴奈特·特纳（Nat Turner）。

“什么？哦，我只是转述比尔的话而已。比尔可是博览群书。他说，北方指挥这件事的黑鬼试图效仿甘地的做法，你知道那是什么吧。”

“我恐怕不知道。那是什么？”

“乱党。”

“啊——我以为乱党分子全是主张暴力颠覆之类的事儿的。”

赫斯特摇摇头。“你这么孤陋寡闻啊，琼·露易丝？他们用尽一切手段为自己谋利。他们就和天主教徒一样。你知道，天主教徒跑去那些地方，融入当地人的实际生活，以使他们皈依。所以，假如传教的对象是黑人，他们会把圣徒保罗说成是一个和他们一样的黑鬼。比尔说——战时他驻扎在那儿，你知道——比尔说，在那儿的有些岛屿上，他都分不清什么是巫术什么是罗马天主教，就算看见一个戴着教士领的巫师，他也不会感到惊讶。乱党分子也一样。他们无所不为，不管是什么，只要能掌控这个国家，他们都做得出来。他们把你团团包围，你分不出谁是谁不是。所以，即便在梅科姆县——”

琼·露易丝笑起来。“哦，赫斯特，乱党分子要梅科姆县做什么？”

“我不知道，但我知道，在塔斯卡卢萨城的公路尽头，有一个秘密组织指挥部，要不是那些男孩，那个黑鬼就同他们其余人一起上课去了。”

“我没听懂你的话，赫斯特。”

“你没见报上写，那些高深的教授提出那些问题吗？在那——那大型集会上。所以，他们本会堂而皇之地让她入学。要不是那些兄弟会的男生……”

“天哪，赫斯特。我一直没看对报纸。我看的一张报纸上说，暴徒来自于那家轮胎厂——”

“你看的是什么，《工人报》吗？”

你沉湎在你自己的世界里。你想到什么就说什么，可我无法理解的是你内心那些真实的念头。我倒想把你的脑袋劈开，放一个事实进去，看着它在你的脑回沟里穿行，最后从你的嘴里吐出来。我们俩都出生在这儿，我们上的是同一所学校，我们学的是相同的内容。我纳闷你看见听见的是什么。

“每个人都知道，全国有色人种协进会志在瓦解南方……”

满脑子猜疑，一心认定人生来便是邪恶的。

“他们直言不讳地说，他们要废除黑人这个种族，而且他们会在四代人内实现这个目标，比尔说，假如他们从这一代开始的话……”

我希望世人既不会留意也不会牢记你此时此刻所讲的话。

“任何有不同意见的人，要么是乱党分子，要么是这一类的人。消极的抵抗，算了吧……”

在人类活动的进程中，当一个民族必须解开把他们和另一民族联系起来的政治纽带时，他们就是乱党分子。

“他们总是妄想和比他们肤色浅一个色调的人通婚，他们想要搞种族杂交——”

琼·露易丝打断了她的话。“赫斯特，我想问你一件事。我是星期六回到家的，自星期六以来，我听到了很多有关种族杂交的讨论，由此我心生疑惑，这难道不是一个不得体的说法吗？若有可能，现如今是不是应该将之从南方的土话里摒除？破坏某个种族的纯正性，需要两个种族——假如这是贴切的表达——当我们白人抱怨种族杂交时，在某种程度上，不正反映出我们自己也是一个种族吗？我从中得到的信息是，如果那是合法的，将会出现一股与黑人通婚的大热潮。倘若我是学者——只是打个比方——我会说，这类言论具有深刻的心理学含义，对发表这番言论的人而言，不是特别悦耳。起码，这表达了一种令人担忧的、对自己种族的不信任。”

赫斯特望着琼·露易丝。“我确信我没明白你是什么意思。”她说。

“我也不确定我是什么意思，”琼·露易丝说，“只是，每次听到这样的讨论时，我就毛骨悚然，头皮发麻。我猜那是因为我从小没听惯这些话。”

赫斯特一下子激动起来：“你是在暗示……”

“对不起，”琼·露易丝说，“我不是这个意思。我郑重请求你的谅解。”

“琼·露易丝，我讲那些话时，我不是指我们。”

“那么，你是在说谁呢？”

“我是在说——你知道，那些败类。那些包养黑女人的男人之类的家伙。”

琼·露易丝微微一笑。“那可奇怪了。一百年前，有身份有地位的男人找黑皮肤的女人，现在是败类找她们。”

“那时她们是归他们所有，傻瓜。不是一回事，那些败类正是全国有色人种协进会寻求的目标。他们想让黑鬼与那个阶层通婚，并持续下去，直至整个社会模式荡然无存为止。”

社会模式。双喜环的被子。卡波妮本不可能恨我们，阿迪克斯不会相信这种论调。抱歉，那是不可能的。从昨天开始，我感觉自己像被塞进了一个深渊之底，很深，很深……

“对了，纽约怎么样？”

纽约。纽约？我可以告诉你纽约怎么样。纽约样样精通。人们去犹太人青年会、英语国家和地区联盟、卡耐基音乐厅、社会研究新学院找问题的答案。这座城市活在标语、主义和快速肯定的回答中。就在此刻，纽约正对我说：你，琼·露易丝·芬奇，现在的反应，依你的本性，与我们的原则不符，因此你等于是不存在。这个国家最优秀的头脑曾告诉我们，你是谁。你不可能从中挣脱，我们也不会因此归咎于你，但我们郑重要求你，在为人处世上谨遵那些有识之士曾给你立下的行为准则，别想另有所图。

她答道：请相信我，我家的情况不是你们想象的那样。我只能这么说——我学到的一切崇高的人性都是在这儿学到的。从你们那儿，我学到的无非是如何具有怀疑精神。在与你们为伍以前，我不知道什么是恨，而我看见你们每天都生活在仇恨中。他们甚至必须通过立法来阻止你们仇恨。我鄙视你们不加思索的回答、你们贴在地铁里的标语，而我最鄙视的是你们不懂礼数：你们这辈子都学不会了。

那个对地松鼠都温文有礼的男人曾坐在法庭上支持卑鄙小人的事业。许多次，她看见他在食品杂货店，依序排在黑人后面，天知道是怎么回事。她看到弗雷德先生朝他扬扬眉毛，她的父亲摇摇头，作为对他的回答。他是天生不插队的那类人；他守规矩。

瞧，大姐，我们了解事实：你生命的前二十一年是在这片滥用私刑的土地上度过的，这个县三分之二的人口是务农黑人。所以别装了。

你们不愿相信我，可我要告诉你们：从我出生以来，在今天以前，我从未听我的家人说过“黑鬼”一词；我从未学过思考问题时把他们当作黑鬼。从小到大，我的生活中一直都有黑人，他们是卡波妮、垃圾清洁工泽布、园丁汤姆，以及叫其他名字的什么人。我的周围有好几百个黑人，他们下地干活，给棉花除草，铺筑道路，锯木料，用来建造我们的房子。他们贫穷，他们身染疾病，肮脏污秽，有的人懒惰怠工，但生平从未有人告诉我，我应该瞧不起他们，应该害怕他们，应该对他们粗鲁无礼，或认为我可以虐待他们而免受惩罚。他们从未作为一个民族走进我的世界，我也不曾走进他们的世界：去打猎时，我不会擅自闯入黑人的地界，并非因为那是黑人的地界，而是因为我不该擅入任何人的地界。在我所受的教诲里，绝不可占任何比我不幸之人的便宜，无论他是在头脑、财富还是社会地位上不如我。这一原则不只适用于黑人，而是适用于所有人。

我从中领悟到，违背这些道义便是可鄙的。我在这样的熏陶下长大，抚养我的是一位黑人妇女和一位白人男士。

你想必有过亲身经历。一个人对你说："这是事实。"你对此深信不疑，而后你发现他说的不是事实，你会感到失望，你确保自己不会再受他的蒙骗。

但一个光明磊落的人——你一直对他身体力行的事深信不疑——当他辜负你的期望时，他不仅让你感觉警惕，还让你一无所有。我想这就是我为什么险些疯掉的原因……

"纽约？永远是那副样子。"琼·露易丝转向问她话的那个人，一位戴着小帽子的年轻女士，五官娇小，牙齿又小又尖。是克劳丁·麦克道尔。

"弗莱彻和我去年春天去了那儿，我们每天都努力想和你取得联系。"

我敢肯定你们确实努力了。"你们玩得开心吗？别，先别告诉我，让我来告诉你：你们度过了一段极其愉快的时光，但你们无法想象在那儿生活。"

克劳丁露出她小老鼠般的牙齿。"一语中的！你怎么猜到的？"

"我能通灵。你们去市中心玩了吗？"

"主呀，去啦。我们去了拉丁区、科帕卡瓦纳夜总会，还看了音乐剧《睡衣仙舞》。那是我们有史以来第一次看现场演出，可我们觉得很失望。音乐剧都是那样吗？"

"大部分是。你们去了那个楼顶吗？你知道我指的是什么。"

“没，但我们把无线电城逛了个遍。你知道，人们可以住在那里面。我们在无线电城音乐厅看了一场舞台表演，噢，琼·露易丝，舞台上出现了一匹马。”

琼·露易丝说她不惊讶。

“弗莱彻和我无疑很高兴回到家。我不明白你在那儿怎么住得下去。弗莱彻在那儿两周花的钱比我们在这里六个月花的还多。弗莱彻说，他无法理解人们到底为什么要住在那地方，他们本可以用少得多的钱在这里买一栋带庭院的房子。”

我可以向你解释。在纽约，你可以做自己的主。你可以伸出手，在甜蜜的独处中拥抱整个曼哈顿，或者你想要堕落沉沦的话，也可以。

“嗯，”琼·露易丝说，“要花很长时间才能适应。我恨那地方恨了两年。它日日令我惶恐，直至有一天早晨，有人在公交车上推我，我回敬了那人。我推了那人之后意识到，我已成为其中的一分子。”

“推来推去，他们就是这样。那儿的人一点教养都没有。”克劳丁说。

“他们有教养，克劳丁，只是和我们讲的不一样。在公交车上推我的那个人料到我会推回去，那是理所应当的。那只是嬉闹而已。你找不到比纽约人更好的人了。”

克劳丁噘起嘴唇。“好吧，我反正不想和满大街的意大利人与波多黎各人混在一起。有一天，在一家杂货店，我环顾四周，有个黑人妇女就在我旁边吃饭，就紧挨着我。当然，我知道她可以这么做，但那真的令我心头一惊。”

“她伤着你了吗？”

“想来没有。我急速起身走了。”

“你知道，”琼·露易丝温和地说，“他们在那儿满大街溜达，无拘无束，各色人等。”

克劳丁耸起肩膀。“我不明白你和他们混在一起怎么住得下去。”

“你察觉不到他们的存在。你和他们一起工作，坐在他们旁边，一起吃饭，和他们一起乘公交车，你察觉不到他们，除非你特别留意。在公交车上，我要到起身下车时才会发现，一直坐在我旁边的是个魁梧肥硕的黑人男子。你根本不会去注意这些。”

“哟，我可绝对注意到了。你一定是瞎了还是怎么了。”

瞎了，说得对。我从未睁开我的眼睛。我从未想过看穿人的心，我看到的只是他们的表面。像石头一样瞎……斯通先生。斯通先生昨日在教会设立了守望者。他该给我安排一位守望者。我需要有位守望者为我四处领路，每一个小时，准点公布他看到的东西；我需要有位守望者告诉我，这是一个人嘴上讲的话，但他真正要表达的意思是这个，从中间画一条分界线，指出，这儿是这种正义，那儿是那种正义，使我明白其中的区别；我需要有位守望者，走上前向他们宣告，花整整二十六年跟人开一个玩笑，那未免也太久了，不管这个玩笑有多好笑。

14

清理完上午的残局，琼·露易丝说：“姑姑，假如你不要用车的话，我打算去杰克叔叔那儿一趟。”

“我只想睡个午觉。你不吃点饭吗？”

“不用了。杰克叔叔会给我弄个三明治什么的。”

“最好别指望这个。这些日子他吃得越来越少了。”

她把车停在芬奇博士的车道上，爬上通往他住所的高高的前门台阶，敲敲门，走了进去，用粗哑的声音唱道：

杰克老伯拄着手杖和拐杖，
谁叫他年轻时劲舞太疯狂；
现在吃苦把债还——

芬奇博士的房子很小，但前面的走廊异常宽敞。那里一度是两栋房屋间带屋顶的过道，但芬奇博士把它封了起来，在四周的墙上做了书架。

屋后传来他的喊声："我听见了，你这个野丫头。我在厨房呢。"

她经过走道，穿过一扇门，来到一个房间——这儿以前是一个开放式的后门廊，如今这儿略像书房，他家里的大部分房间都有点像书房。她从未见过一个居所如此强烈地折射出主人的个性。井然中处处透着一种莫名的杂乱：芬奇博士使他的家保持军事化的一尘不染，可他坐到哪里，书便堆到哪里，他习惯不分地方，愿坐哪儿就坐哪儿，所以一小摞一小摞书遍布屋里奇怪的角落，这可苦了为他打扫卫生的女工。他不准她碰那些书，又坚持要求一切井井有条，干净整洁，因此那可怜的人儿只得绕着这些书吸尘、掸灰和擦拭。有位倒霉的女仆昏了头，搞混了图克威尔的《牛津运动前的牛津》里他上次读到的地方，芬奇博士挥舞着笤帚冲她发火。

当她的叔叔现身时，琼·露易丝心想，潮流也许会变来变去，但他和阿迪克斯却永远坚持穿马甲。芬奇博士没穿外套，怀里抱着罗丝·埃尔默——他年迈的猫。

"你昨天跑哪儿去了，又下河啦？"他目光犀利地看着她，"把舌头伸出来。"

琼·露易丝伸出她的舌头，芬奇博士将罗丝·埃尔默换到他的右肘弯里，手在马甲口袋里摸索，掏出一副半框眼镜，甩开，啪地架到脸上。

"哎，别伸在那儿，缩回去，"他说，"你的气色差极了。赶紧到厨房来。"

“我不知道你有半框眼镜，杰克叔叔。”琼·露易丝说。

“哈——我发现我以前是在浪费钱。”

“怎么了？”

“看看我那副旧的，这副只有一半的价钱。”

芬奇博士厨房的中央有张桌子，桌上有个茶碟，里面放着一块饼干，饼干上搁了一条孤零零的沙丁鱼。

琼·露易丝目瞪口呆。“你中饭就吃这个？说真的，杰克叔叔，你有可能变得再古怪些吗？”

芬奇博士拉了一张高脚凳到桌边，把罗丝·埃尔默往上面一放，说：“不。有。”

琼·露易丝和她叔叔在桌旁坐下。芬奇博士拿起那块饼干加沙丁鱼，送到罗丝·埃尔默面前。罗丝·埃尔默咬了一小口，低下头咀嚼起来。

“她吃起东西来像人。”琼·露易丝说。

“希望我已经教会她礼数了，”芬奇博士说，“现在她这么老了，我只得一点一点地喂她。”

“为什么不让她安乐死呢？”

芬奇博士气鼓鼓地看着他的侄女。“为什么要让她安乐死？她怎么啦？她还有足足十年的寿命呢。”

琼·露易丝沉默地表示同意，祈愿当她像罗丝·埃尔默那么老时，相对而言也能看起来一样优雅。罗丝·埃尔默黄色的皮毛保养得极佳；她身材依旧；她的眼睛炯炯有神。现如今，她大部分时间都在睡觉，芬奇博士每天用绳子牵着她到后院走一圈。

芬奇博士耐心地哄这只老猫吃完她的午餐，等她吃完后，他走到水池上方的一个柜子前，取出一个瓶子，瓶盖是一根药用滴管。他吸出一大管的液体，放下瓶子，抓着猫的后脑勺，叫罗丝·埃尔默张开嘴。那只猫乖乖听话，她把液体咽下，摇摇头。芬奇博士又用滴管吸了一些液体，对琼·露易丝说："张开嘴。"

琼·露易丝把液体咽了下去，噼里啪啦地往外吐。"我的妈呀，这是什么呀？"

"维他命 C。我要你去找艾伦给你检查一下。"

琼·露易丝说她会去的，然后问她叔叔，这些日子他在关心什么事。

芬奇博士，弯下腰面对烤箱说："西布索普。"

"什么？"

芬奇博士从烤箱里取出一个拌沙拉的木碗，里面装满了绿叶蔬菜，令琼·露易丝惊异不已。但愿烤箱不是开着的。

"西布索普，丫头。西布索普，"他说，"理查德·沃尔多·西布索普。罗马天主教神父。以英国国教会的全套仪式下葬的。试着再找一个像他这样的人出来。影响极其深远。"

琼·露易丝习惯了她叔叔招牌式的考验脑力的节略表达法：按他的习惯，陈述一两个孤立的事实，得出的结论似乎站不住脚。假如用点得当的激将法，芬奇博士会缓慢而稳步地解开他收卷起来的独到见识，揭示闪烁着自身独立光芒的论证过程。

可她没到这个地步，能对一个维多利亚时代不知名的唯美主义者的游移态度产生兴趣。她望着她的叔叔搅拌绿叶蔬菜、橄榄油、醋和几种她不认识的配料，一丝不苟、胸有成竹，和他做复杂的切骨手术时一样。他把沙拉分盛在两个盘子里，说："吃吧，孩子。"

芬奇博士一边狼吞虎咽地吃午餐，一边审视他的侄女，她正在把生菜、大块的牛油果、青椒和洋葱在盘子上摆成整齐的一排。"好啦，出了什么事？你怀孕了？"

"啊呀，不是的，杰克叔叔。"

"这是现如今我能想到的唯一让年轻女性担心的事。你想要告诉我吗？"他的声音变得柔和起来，"说吧，老斯库特。"

琼·露易丝泪眼蒙眬。"最近是怎么回事，杰克叔叔？阿迪克斯出了什么问题？我以为汉克和姑姑疯了，但我知道疯的人是我。"

"我没发现他们有什么异样。有吗？"

"可惜昨天你没看到他们出席那个会议——"

琼·露易丝抬头望着她的叔叔，他正晃悠悠地用椅子后腿保持平衡。他把手按在桌上，不让自己摔倒。他棱角分明的五官软化了，他的眉毛向上一挑，放声大笑。椅子前腿砰地落地，大笑变为咯咯的轻笑。

琼·露易丝大怒。她从桌前起身，撞翻了椅子，把椅子扶好，朝大门走去。"我来这儿不是被人取笑的，杰克叔叔。"她说。

"哦，坐下，闭嘴。"她的叔叔说。他饶有兴味地看着她，仿佛她是显微镜下的某样东西，仿佛她是医学界的某个奇迹，无意中在他的厨房里实现了。

“当我坐在这儿呼吸时，我从未想过，好心的上帝会让我亲眼看见有人走入革命风暴的中心，哭丧着脸说：‘出了什么问题？’”他摇着头，又笑起来。

“问题，孩子？我会告诉你出了什么问题，但你要保持镇定，别干蠢事，比如——嗳呵！——我怀疑，你的眼睛和耳朵是不是向来只和你的头脑建立时断时续的联系。”他的脸紧绷起来，“其中有部分联系会不太合你心意。”

“我不在乎是什么联系，杰克叔叔，我只要你告诉我，是什么使我父亲变成了一个‘厌恶黑鬼的人’。”

“管住你的舌头，”芬奇博士严厉地说，“永远不准那么称呼你的父亲。我痛恨这个叫法，无论是它的发音还是实质的含义。”

“那么，我要怎么称呼他呢？”

她的叔叔长长地叹了口气。他走到灶台旁，打开前面的灶头，上面放着咖啡壶。“让我们冷静地思考一下这件事。”他说。当他转身时，琼·露易丝看见他眼神中的愤怒被笑意驱散了，继而又融汇进一种她无法读懂的表情。她听见他喃喃低语：“噢，天哪。噢，我的天哪，对。小说必须讲述一个故事。”

“你这话是什么意思？”她说。她知道他在向她引经据典，但她不晓得出处，她不晓得原因，她也不在乎。她的叔叔若有心，可以把她气得七窍生烟，而眼下，他明显有那么做的心，对此她感到很愤懑。

“没什么。”他坐下来，摘下他的眼镜，放回马甲口袋里。他不紧不慢地发话。“宝贝，”他说，“整个南方，你父亲和像你父亲一样的人正在后方进行一场最后的殊死搏斗，拖延时间，维护某一种已几乎破灭流失的哲学——”

“假如昨天我听到的是这话，那我要说，谢天谢地总算结束了。”

芬奇博士抬起头。“假如你认为你爸爸是在致力于把黑人关在他们的地盘里，那么你就大错特错了。”

琼·露易丝举起双手，提高嗓门：“我究竟要作何想法？这教我恶心，杰克叔叔，名副其实的恶心——”

她的叔叔挠挠耳朵。“无疑，你总有一天要面对某些特定的史实和微妙之处——”

“杰克叔叔，别对我搬出那套说辞——打南北战争和这没有关系。”

“正相反，假如你想要弄明白其中的道理，那大有关系。你首先必须认识到的一件事——上帝帮帮我们，这非同小可——这件事，全国四分之三的人至今没弄明白。我们是什么样的人，琼·露易丝？我们是什么样的人？在这个世上，我们依旧最接近谁？”

“在我看来，我们就是人。我不懂。”

她的叔叔微笑着，眼中闪过一道邪光。现在他准备脚底抹油了，她想。我绝对没法逮到他，把他抓回来。

“细想一下梅科姆县，”芬奇博士说，“这儿是典型的南方。县里几乎每个人与其他人之间，要么是亲戚，要么差不多沾点亲？你不觉得很个别吗？”

“杰克叔叔，一个人怎么可能和另一个人‘差不多沾点亲’？”

“很简单。你还记得弗兰克·巴克兰吗？”

不知不觉中，琼·露易丝感觉她正在被慢慢地、悄悄地诱入芬奇博士的罗网。他是一只本领高超的老蜘蛛，但不管怎么说，他就是一只蜘蛛。她缓缓朝他移去：“弗兰克·巴克兰？”

“那位自然主义者。随身携带死鱼，装在手提箱里，房间里养着一条豺狼。”

“嗯，怎么了？”

“你记不记得马修·阿诺德呢？”

她说她记得。

“那好，弗兰克·巴克兰是马修·阿诺德的父亲的妹妹的丈夫的弟弟的儿子，所以，他们差不多沾点亲。明白了吗？”

“明白了，可是——”

芬奇博士望着天花板。“我的侄儿杰姆，”他慢悠悠地说，“不是和他叔公的儿子的妻子的远房表妹订了婚吗？”

她用手蒙住眼睛，气鼓鼓地思索着。“没错。”她最后说，“杰克叔叔，我认为你做了一个不合逻辑的推论，但我完全不能肯定这么说对不对。”

“其实，都是一回事。”

“可我找不到中间的联系。”

芬奇博士把手放在桌上。“那是因为你不看，”他说，“你从未睁开过你的眼睛。”

琼·露易丝跳了起来。

她的叔叔说：“琼·露易丝，时至今日，在梅科姆县，生活着每个有过一口气的笨头笨脑的凯尔特人、盎格鲁人和撒克逊人的副本。你还记得斯坦利教长吗？”

她的思绪回到过去，那些时光没有尽头的日子。她在这间屋里，面前是温暖的炉火，有人捧着发霉的书念给她听。她叔叔的声音一贯低沉雄浑，或在情不自禁的笑声中变成高八度。那位神思恍惚、头发毛茸茸的矮小牧师和他壮硕的妻子浮现在她脑海中。

“他有没有让你想起芬克·休厄尔？”

“完全没有。”她说。

“用一下脑子，丫头。既然你不用脑子，那么我给你一个提示。斯坦利在担任西敏寺的教长时，几乎挖遍了修道院里每个人的墓，以找寻詹姆斯一世的遗骸。”

“哦，我的天哪。”她说。

大萧条时期，芬克尼·休厄尔先生——一位多年来以其思想独立而闻名的梅科姆居民，挖开他亲祖父的坟墓，拔下他所有的金牙，用来付清抵押贷款。县治安官要以盗墓和藏金罪逮捕他，芬克尼先生搬出抗辩的理论：假如他自己的祖父不归他所有，那么归谁？县治安官说，M. F. 休厄尔老先生葬在公有土地里，可芬克尼先生恼火地说，他认为那是他家的墓地、他的爷爷和他爷爷的牙齿，因而拒绝束手就擒。梅科姆镇的舆论站在他这一边：芬克尼先生是位诚实正直的人，他在尽力偿还他的债务，法律对他的干涉到此为止。

“斯坦利的掘墓行为具有史上最高尚的动机，”芬奇博士沉吟着说，“但他们的思维恰恰一样。你无法否认，他邀请了每一位他能找得到的异端人士来修道院讲道。我相信他曾发圣餐给安妮·贝赞特[1]夫人。你还记得吧，他支持科伦索主教。”

她记得。科伦索主教，他对每件事的看法，在当时都被认为是谬论，放在今天则过时落伍，他是那位小个头教长的特别宠儿。神职人员每次聚在一起，科伦索便是激烈辩论的对象，而且斯坦利曾在教士会议上发表过一次铿锵有力的演说，捍卫科伦索主教，质问全体会众难道没有意识到，科伦索是唯一不辞辛劳把《圣经》翻译成祖鲁语的殖民地主教，那比其余人所做的贡献可大多了。

“芬克尼就和他一样，”芬奇博士说，“他在大萧条最严重的时期订阅《华尔街日报》，看谁敢讲什么。”芬奇博士咯咯轻笑，“邮局的杰克·杰多几乎每次在把邮件拿出来时都一阵哆嗦。”

琼·露易丝目不转睛地盯着她的叔叔看。她坐在他的厨房里，身处原子时代中期，在她意识的最深处，她明白，芬奇博士的比较句句在理。

---

① 安妮·贝赞特（Annie Besant，1847—1933），英国杰出的社会学家、神学家、女权活动家、作家。

“就和他一样，”芬奇博士说，“或以哈丽雅特·马蒂诺[1]为例——”

琼·露易丝觉得自己正在湖区里踩水。她挣扎着把头探出水面。

“你记得 E. C. B. 富兰克林夫人吗？”

她记得。她在岁月中摸索找寻马蒂诺小姐，但 E. C. B. 夫人不难忆起：她记得一顶用钩针编织的苏格兰式便帽，一条用钩针编织的连衣裙，隐约露出里面用钩针编织的粉红色内裤，以及用钩针编织的长筒袜。每个星期六，E. C. B. 夫人从她的“栀子花矮林”农场步行三英里去镇上。E. C. B. 夫人写诗。

芬奇博士说：“记得那些二流女诗人吗？”

“记得。”她说。

“嗯？”

她童年时在《梅科姆论坛》报社当过一阵子小助手，目睹过几次争吵，包括最后一次，发生在 E. C. B. 夫人和安德伍德先生之间的争吵。安德伍德先生是一位老派的印刷工，不能容忍无稽之谈。他整日在一台巨大的黑色莱诺整行排版机旁工作，间或拿起一把一加仑容量的水壶喝一口提神，里面装的是无伤大雅的樱桃酒。一个星期六，E. C. B. 夫人潜入报社，带来一篇感情四溢的作品，安德伍德先生表示，他不能用这样的作品来让《梅科姆论坛》

① 哈丽雅特·马蒂诺（Harriet Martineau，1802—1876），英国社会理论家、作家，被认为是第一位女性社会学家。

报蒙羞——那是一篇诗歌体裁的母牛讣闻，开头是：

哦，不再属于我的乳牛
汝硕大而棕色的眼眸……

而且中间几度严重违背基督教哲学。安德伍德先生说：“母牛不上天堂。”E. C. B. 夫人反驳：“这头牛上。”并解释诗的不拘一格。安德伍德先生这辈子刊发过不知多少种类的纪念诗，他说，这篇他还是不能印，因为亵渎了上帝，而且不合格律。盛怒之下，E. C. B. 夫人撬开一个排字架，比格斯商店的广告在办公室里撒了一地。安德伍德先生像鲸鱼似的吸了一口气，当着她的面喝了一大口樱桃酒，吞了下去，在去县府大楼广场的途中一路诅咒她。自那以后，E. C. B. 夫人的诗歌创作变成了自娱自乐。全县人觉得这是一大损失。

“现在，你是否愿意承认，这里面存在某种微弱的联系，不一定是在两个怪人之间，而是和一种——嗯——存在于对岸某些地区的普遍的思维方式有关？”

琼·露易丝举手投降。

芬奇博士与其说是在同他的侄女讲话，不如说是在自言自语：“十八世纪七十年代，过激的言论来自何处？”

“弗吉尼亚州。”琼·露易丝说，把握十足。

“还有二十世纪四十年代，在我们陷入今天的局面以前，是什么使每个南方人在看报和听新闻广播时怀着一种特殊的恐惧？归根结底就是部族情绪，亲爱的。那些英国人，他们也许是狗娘养的，但他们是狗娘养的自己人——”

芬奇博士发现自己讲错了话。“言归正传，”他赶紧说，“回到十九世纪初的英国，在某个变态发明机器以前。那儿的生活是什么样的？”

琼·露易丝不假思索地回答：“一个由公爵和乞丐组成的社会——”

“哈！你没像我想象的那么朽木不可雕也，假如你还记得卡罗琳·兰姆[1]这个可怜人的话。你差不多明白了，但还不透彻：那基本是一个农业社会，有少数地主和大批佃户。那么，战前的南方又是什么情况呢？”

“一个农业社会，有少数大地主、大批自耕农和奴隶。”

“正确。暂时把奴隶排除在外，你得出什么？几十个像韦德·汉普顿[2]这样的人，数以千计的小地主和佃户。南方在传统和社会结构上是一个小英国。那么，搏动在每个盎格鲁-撒克逊人心中那股唯一的力量是什么？别退缩，我知道现今这是一个难听的字眼——在他停止标榜自己是保守派以后，不论他的人生境遇或地位如何，不论有什么愚昧的障碍。”

---

① 卡罗琳·兰姆（Caroline Lamb，1785—1828），英国贵族、小说家。曾为诗人拜伦的情人，后被诗人抛弃。丈夫威廉·兰姆显赫宽容，却也因其疯狂的行为而忍无可忍。威廉·兰姆后被封为墨尔本子爵并当选为英国首相，可惜卡罗琳·兰姆没有活到那一天。

② 韦德·汉普顿（Wade Hampton），19 世纪美国南部最显赫的种植园主之一。

“他很骄傲。他有几分顽固。”

“你说得对极了。还有呢？”

“我——我不知道。”

“是什么使得一盘散沙、不成气候的南部联军苟延残喘？是什么使其如此不堪一击，却又如此强大，创造了奇迹？”

“呃——罗伯特·E. 李？”

“我的天啊，丫头！”她的叔叔吼道，“那是一支由散兵游勇拼凑起来的军队！他们走出农场，迈向了战场！”

芬奇博士掏出他的眼镜戴上，斜抬起头，像研究一样稀有标本似的打量她。“没有一种机器，”他说，“能在被碾成齑粉后自行重组，恢复运作，但那些干枯的骨骸死而复生，进军，大踏步地进军。为什么？”

“我猜是因为奴隶、关税等等之类的原因。这个问题，我从未深入想过。”

芬奇博士轻声说：“耶和华上帝啊。”

他走到灶台旁，把火关小，咖啡壶安静下来。看得出来，他是在努力克制自己的脾气。他倒出两杯滚烫的黑咖啡，端到桌上。

“琼·露易丝，”他冷冷地说，“南方也就是百分之五多一点的人见过奴隶，有奴隶的人就更少了。所以，必然是有某些东西激恼了其他百分之九十五的人。”

琼·露易丝木然地看着她叔叔。

“你难道从来没有想过——这些年来，你从来没有过这样的情感共鸣——这片地区是一个独立的国家吗？无论这儿的政治纽带是什么，这就是一个拥有自己的人民、存在于国家之内的国家。一个高度矛盾的社会，不平等的程度让人惊恐，却有成千上万的个人荣誉如夜空中的萤火虫一般闪闪发光。还从未有过一场为如此繁多的理由而战的战争，而所有这些理由又凝聚成一个清澈如镜的理由。他们为了维护他们的身份而战。他们的政治身份，他们的个人身份。”

芬奇博士的声音缓和了下来。“在如今这个拥有喷气式飞机、戊巴比妥[1]摄入过量的时代，为了诸如身份地位之类无足轻重的东西血战到底似乎是愚蠢而不切实际的。”

他眨了眨眼。“不，斯库特，那些衣衫褴褛、愚昧无知的人战斗到几近灭绝，为的是坚守某些现今似乎仅属于艺术家和音乐家的特权。”

随着谈话的延续，琼·露易丝奋不顾身地扑向她叔叔的战车：“那已经过去——近一百年了，先生。”

芬奇博士咧嘴一笑。“真的过去了吗？这取决于你怎么看。假如你是坐在巴黎的人行道上，你肯定会表示同意。但请再想一想。这个弱旅之师的残部留有子孙——上帝啊，他们繁衍了多少后代——南部在重建时期只发生了一项永久性的政治变化：奴隶制不复存在了。首先，这儿的人和以前没有两样——在某些方面，他们更变本加厉了。他们永远打不死。他们被碾碎，

---

① 一种中枢神经镇静剂，注射一定量可致死，因而被用作注射死刑的药物。

压进泥土里，然后又冒出来。冒出的是污秽的乡村贫民区，冒出的偏偏是最丑恶、最无耻的一面——在经济上与解放了的黑人公开竞争的那类白人。

“长年累月，在这类人心中，相对于他们的黑人兄弟，他们唯一的优势便是皮肤的颜色。他们一样肮脏，他们身上一样有臭味，他们一样贫穷潦倒。时下，他们得到的比他们这辈子拥有过的都要多，他们什么都有，就是没有教养，他为自己洗刷了每一项污名，但他紧紧抱着残存的恨意无所事事……”

芬奇博士起身加了些咖啡。琼·露易丝望着他。好家伙，她心想，我自己的祖父就参加过那场战争，杰克叔叔和阿迪克斯的爸爸。他是独生子。他看着尸体堆积成山，望着鲜血汇成小河，流下希洛山……

“好吧，斯库特，”她的叔叔说，“瞧，此时此刻，一种和这儿格格不入的政治哲学正强加于南方，南方不愿意接受——我们不知不觉陷入了相同的泥潭。毫无疑问，历史正在重演，毫无疑问，人最不可能在历史中寻找教训。我衷心希望，这将是一次相对没有流血的重建。”

“我没明白。”

“看看这个国家其余的地方。照南方的思路，那些地方早已覆亡。相沿成习的古老的财产观念——人们拥有的产权和对该财产所负有的责任——几乎已废绝。人们对政府职责的看法发生了变化。无产者崛起，要求并取得了他们应得的份额——有时比他们应得的还要多；有产者受到限制，不许得到更多。保障你免于晚景凄凉的不是你自发的努力，而要靠政府——政府说，你赡养自己我们不放心，所以我们会替你积蓄。所有这类稀奇古怪的小事，已构成这个国家政府的核心。美国是一个原子时代的美丽新世界，而南方才刚开始它的工业革命。在过去的七八年里，你有没有环顾四周，发现这里新增了一个阶级的人？”

“新增的阶级？”

“天哪，孩子。你身边的佃农到哪儿去了？去了工厂。你身边的田间雇工到哪儿去了？也去了工厂。你难道不曾察觉，在镇的另一边，住在那些小白屋里的人是谁吗？梅科姆镇的新兴阶级。就是那些和你一块儿上学、在小小农场长大的男孩女孩。你自己的同辈。”

芬奇博士抽了抽鼻子。“那些人在联邦政府那儿很吃香。政府借钱给他们盖房子，因为他们在政府的军队中服役而向他们提供免费教育，出钱让他们安度晚年，在他们失业时保证他们几周的生计——”

“杰克叔叔，你是一个愤世嫉俗的老头。”

“愤世嫉俗，少来。我是个健康的老头，从宪法出发，不信任大剂量的家长式统治和政府管理。你的父亲也一样——”

“倘若你告诉我，权力导致腐败，绝对的权力导致绝对的腐败，我会把这杯咖啡泼到你身上。”

“对于这个国家，我唯一担心的是，有一天，政府会面目可憎到把地位最卑微的国民践踏在脚下，这样的话，在这儿生活就很没意思了。放眼这陈腐的世界，美国唯一仍举世无双的地方在于，一个人的头脑可以决定他能走多远，或者假如他想下地狱也可以，但那样的日子也不长了。”

芬奇博士露齿一笑，神似一只友好的鼬鼠。“墨尔本子爵曾经说过，政府真正的职能是防止犯罪和维持契约关系，对此我想添加一项，因为我不情愿地发现我生活在二十世纪：制定共同防务。”

“那是一个含糊的说法。”

“的确是。这留给我们非常多自由发挥的空间。”

琼·露易丝把手肘搁在桌上，用手指梳理头发。他有问题。他在审慎地向她做出某种雄辩无声的申诉，他在故意回避主题。他在这点上过分简化，在那点上一语带过，回避躲闪，声东击西。她想知道原因。这么容易就听信他，被他的话所哄骗，如沐春风，她甚至注意到他略去了意味深长的手势和通常谈话中接二连三阵雨般的“哼”和“哈”。她不知道他忧心如焚。

“杰克叔叔，”她说，“这和中国的鸡蛋价格有什么关系呢？你很清楚我的意思。”

“嚯。”他说，他的双颊泛红，“变聪明啦，你？”

“聪明得足以知道，黑人和白人之间的关系比我这辈子见过的都糟——对了，你没有一句提到他们的关系——聪明得足以想搞清是什么让你高尚的姐姐有如此的举动，聪明得足以想搞清我的父亲到底出了什么事。”

芬奇博士紧握双手塞在颏下。“人的降生是最讨厌的事。乱成一团，极其痛苦，有时还有风险。总是血淋淋的。文明的诞生也是一样。南方正在经历它最后的阵痛。那将催生某些新的局面，我不确定是不是我中意的局面，但我是等不到亲眼看到的那一天了。但你能看到这一天。像我和我哥哥这样的人已被淘汰，我们不得不退场，可遗憾的是，我们将带走这个社会有意义的东西——这里面有某些可取之处。”

“别再胡搅蛮缠了，正面回答我！”

芬奇博士站了起来，倚着桌子，望着她。法令纹从他的鼻子迸裂至嘴边，形成一个刺目的梯形。他的眼中怒火四射，但他的声音仍保持平静：

“琼·露易丝，一个人被枪指着的时候，他会捡起他能找到的任何武器来自卫，不管是石头、柴火还是公民议会。”

“这不是答案！”

芬奇博士闭上眼睛，又张开，低头俯视桌子。

“你一直在和我兜着某种精心策划的圈子，杰克叔叔，我以前从未见过你这样。一直以来，不管我问你什么，你总是给我一个直接明了的答案。这次你为什么就不呢？”

“因为我给不了。我既没有能力也没有责任这么做。”

“我从没听过你讲这样的话。”

芬奇博士张开嘴，然后又合拢闭上。他拉起她的手臂，领她走到隔壁房间，停在镀金框的镜子前。

“看看你自己。”他说。

她看着镜子。

“你看见了什么？”

"我自己，还有你。"她转向她叔叔的映像，"你知道，杰克叔叔，你在某种程度上帅惨了。"

她看见有一霎那，最近这一百年的岁月镇住了她叔叔。他似是而非地点点头，像是在表达谢意，又像是表示赞同。"谢谢你的美言，小姐。"他站到她身后，紧握她的肩膀。"看看你，"他说，"对你我只能说这么多了。看看你的眼睛，看看你的鼻子，看看你的下巴。你看见了什么？"

"我看见了我自己。"

"我看见两个人。"

"你是指假小子和女人吗？"

她看见镜子里的芬奇博士摇摇头。"不——哦，孩子。是有，没错，但我说的不是这个。"

"杰克叔叔，我不明白你为什么决定躲进烟雾弹里……"

芬奇博士挠挠头，一撮花白的头发竖了起来。"我很抱歉，"他说，"去吧。去做你打算做的事。我无法阻止你，我也不该阻止你，罗兰少爷[①]，但情况是如此混乱、危险。一项如此血腥的事业——"

"杰克叔叔，亲爱的，你和我们活在不同的世界里。"

芬奇博士面朝向她，伸直手臂拉着她。"琼·露易丝，我要你用心听好。今天我们讨论过的话题——我要告诉你几点，看你是否能把这些都串联起来：伴随我们内战问题的东西也伴随

① 语出罗伯特·勃朗宁的叙事诗《去黑暗塔的罗兰少爷归来》。

着今天我们正在进行的这场战争的问题，同时也伴随着你个人内心斗争的问题。好吧，仔细考虑一下，告诉我，你怎么理解我的话。”

芬奇博士等待着。

“你听上去像《圣经》里的一位小先知。”她说。

“我想也是。很好，现在再竖起耳朵：当你再也忍不下去时，当你的心裂成两半时，你务必来找我。明白了吗？你务必到我这儿来。答应我。”他摇着她说，“答应我。”

“一定，我答应，可是——”

“得了，快走吧，”她的叔叔说，“去个什么地方，和汉克玩亲亲吧。我有更重要的事要做——”

“是什么？”

“不关你的事。少啰唆。”

琼·露易丝走下台阶时，她没有看见芬奇博士咬着他的下嘴唇走进厨房，用力拉扯罗丝·埃尔默的皮毛，也没看见他把手插在口袋里返回书房，在房间里慢悠悠地来回踱步，最后，他拿起了电话。

第六部

15

疯癫，疯癫，疯疯癫癫。噢，芬奇家的人都是这样。不过杰克叔叔和其余人的区别在于，他知道他是疯子。

她坐在坎宁安先生冰激凌店里的一张桌前，吃着纸杯装的冰激凌。坎宁安先生刚直不阿，因为她昨天猜中了他的名字而免费赠送她一品脱冰激凌——这是梅科姆镇令她肃然起敬的一个细节：人们谨记他们的诺言。

他想要说什么？答应我——伴随问题而来的——盎格鲁-撒克逊——难听的字眼——罗兰少爷。我希望他没有丢了分寸，否则他们将不得不叫他闭嘴。他不是活在这个世纪的人，因而他不能上洗手间，他上的是“盥洗室”。但不管疯没疯，他是他们中唯一没有做过某些事和讲过某些话的——

我为什么回这儿来？我猜只为触人痛处。只是为了看看后院的沙砾地，原来长着树、建有车库的地方，纳闷这一切是不是一个梦。杰姆曾把钓鱼用的大箩筐放在那儿，我们在后面的栅栏旁挖蚯蚓。有一次我种下一棵竹笋，我们为此争抢了二十年。坎宁安先生一定在长笋的土里撒了盐，我再没有见过那株笋。

坐在一点钟的日头下，她重建起她的家，在院子里安上她的父亲、哥哥和卡波妮，把亨利放在街的对面，雷切尔小姐放在隔壁。

那是学年的最后两周，她将去参加她人生中的第一个舞会。按照传统的做法，高年级的学生会邀请他们的师弟师妹参加毕业舞会，在准毕业班向毕业班致敬宴会的前一晚举行，总是五月的最后一个星期五。

杰姆的橄榄球运动衫已日显辉煌——十三个赛季中，梅科姆县第一次击败阿伯茨维尔，而他是队长。亨利是高年级辩论社的主席，这是他唯一有时间参加的课外活动。而琼·露易丝十四岁，肥肥的，沉浸在维多利亚时代的诗歌和侦探小说中。

那时候，很时兴追求河对岸的女生，杰姆无可救药地爱上了一个来自阿伯特县的女孩，他甚至认真考虑要在阿伯茨维尔高中上最后一年学，但被阿迪克斯阻止了，他坚决反对这件事儿。作为安抚，他预支杰姆足够的资金，让他购买了一辆福特A型双人轿车。杰姆把他的车漆得乌亮，又在轮胎上刷白漆整出白胎壁的效果；他反复擦拭，使他的座驾保持光洁无瑕的状态。每个星期五晚上，他气定神闲地开着车去阿伯茨维尔，浑然不知他的车隆隆作响，犹如一台超大型的咖啡研磨机，还有他每到一处，猎狗往往成群结队地聚拢起来。

琼·露易丝确信杰姆和亨利做了某种交易，让亨利带她去舞会，不过她并不介意。起先她不想去，但阿迪克斯说，假如每个人的妹妹都去，唯独杰姆的妹妹没去，那会遭人取笑，并且告诉她，她会玩得很愉快；她可以去金斯伯格的店，任选一条她喜欢的裙子。

她觅得一条很漂亮的裙子，白色，泡泡袖，裙摆在她转圈时张开飞扬。唯一的毛病是：她穿起来像个保龄球瓶。

她去请教卡波妮，卡波妮说，没人能改变她的身材，她就是那个样子，所有的女孩在十四岁时多多少少都会那样。

“但我看起来格外怪异。”她一边说一边拉扯领口。

“你看起来一直都是那样，”卡波妮说，“我的意思是，你穿每条连衣裙都一样，这条也没有区别。”

琼·露易丝担心了三天。在舞会当天的下午，她又去了金斯伯格的店，选了一对胸垫，回家穿上一试。

“嗨，瞧，卡尔。”她说。

卡波妮说：“的确，这样你的身形正好，可你最好还是慢慢适应，对吧？”

“这是什么意思？”

卡波妮喃喃道：“你本该先穿一阵子，让身体与之贴合——现在太晚了。”

“嗬，卡尔，别傻了。”

“好吧，拿过来。我把两个缝在一起。”

琼·露易丝把胸垫递过去时，突然想到了一件事，一下定住不动了。“呀，天哪。”她低语道。

“嗨，怎么了？”卡波妮说，“你都为这事儿张罗了一整个星期了。你忘记什么了吗？”

“卡尔，我想起来我不会跳舞。”

卡波妮双手叉腰。“想到得很及时，”她说着，看了看厨房的钟，“三点四十五。”

琼·露易丝冲到电话机旁。“六五，谢谢。”她说。当她父亲接起电话时，她对着话筒号啕大哭。

“冷静，去请教下杰克，”他说，“杰克年轻时是高手。”

“他想必能跳出娴熟的小步舞。”她说着转而打电话给她叔叔求助，她叔叔爽快地答应了。

芬奇博士指导他的侄女跟随杰姆唱机里的旋律：“容易极了……就像下国际象棋……只要专心……不，不，不，提臀……你不是在玩摔跤……恨透了交际舞……太像苦力活……不要试图带领我……他若踩到你的脚，那是你的错，因为你没有移步……别低头看……别，别，别……这下你学会了……最基本的，所以不要试图耍花腔。”

经过一个小时高强度的学习，琼·露易丝掌握了一种简单的四方舞步。她一个劲儿地给自己数拍子，对她叔叔能够一边讲话一边跳舞的本领钦佩不已。

“放松，你会跳得好。”他说。

卡波妮送来咖啡，并留他吃晚饭，以酬谢他的辛勤付出，两样他都接受了。芬奇博士在客厅独自消磨了一小时，直至阿迪克斯和杰姆到家；他的侄女把自己锁在浴室里，待在里面一边擦洗身子一边练舞。她出来时光彩照人，穿着浴袍吃了晚饭，然后躲进卧室，完全没有注意到家人被她逗乐的样子。

在她穿衣打扮之际，她听见前廊上传来亨利的脚步声，以为他来接她来得太早了，可他穿过走廊，朝杰姆的房间走去。她涂上丹琪牌橘色系列的唇膏，梳理头发，抹了一点杰姆的维塔利斯发油，粘平一绺翘起的头发。当她走进客厅时，她的父亲和芬奇博士站了起来。

“你美得像幅画。”阿迪克斯说着吻了一下她的前额。

“小心，”她说，“你会弄乱我的头发。”

芬奇博士说：“我们要最后演练一遍吗？”

亨利发现他们在客厅跳舞。当他看见琼·露易丝的新身段时，眨了眨眼，然后轻轻拍拍芬奇博士的肩头。“可以容我截舞吗，先生？”

“你简直美翻了，斯库特，”亨利说，“我有东西给你。”

“你看起来也不赖，汉克。”琼·露易丝说。亨利星期日上教堂穿的蓝色哔叽长裤烫出了锋利刺人的褶子，他的褐色茄克散发着洗涤液的味道；琼·露易丝认出那条浅蓝色的领带是杰姆的。

“你跳得不错。”亨利说。琼·露易丝绊了一下。

“别低头看，斯库特！”芬奇博士厉声说，“我告诉过你，就好比端着一杯咖啡。假如你朝杯子看，就会把咖啡洒了。”

阿迪克斯打开怀表。“杰姆最好赶紧出发，假如他要去接艾琳妮的话。他那辆老爷车跑不过三十码。”

杰姆现身时，阿迪克斯让他回去换条领带。当他再度现身时，阿迪克斯给了他家里那辆车的钥匙，还有一点钱，并告诫他时速不准超过五十码。

“这样吧，”在适时赞美了琼·露易丝一番后，杰姆说，“你们可以全部坐那辆福特车去，你们就不必跟我大老远去阿伯茨维尔了。”

芬奇博士抚弄着他的外套口袋。“你们怎么去与我无关，”他说，“赶紧走吧。你们这么盛装华服地站我旁边，让我感到很紧张。琼·露易丝都开始出汗了。进来吧，卡尔。”

卡波妮正羞怯地站在走廊里，对这场面勉强表示认可。她整了整亨利的领带，摘去杰姆外套上肉眼看不见的绒絮，请琼·露易丝到厨房来一趟。

“我觉得我应该把胸垫缝到衣服里。”她满腹疑虑地说。

亨利高喊道，快一点，否则芬奇博士要中风了。

“我不会有事的，卡尔。”

琼·露易丝回到客厅，发现她的叔叔正强压着来势汹汹的烦躁，与她的父亲形成鲜明对比——他悠闲地站着，手插在口袋里。“你们还是赶快出发吧，”阿迪克斯说，“亚历山德拉马上就到——她一回来你们就得迟到。”

他们走到前廊上时，亨利停住脚步。“我忘了！”他大叫一声，然后奔向杰姆的房间。他回来时拿着一个盒子，微微一鞠躬，把盒子呈给琼·露易丝：“送给你的，芬奇小姐。”他说。盒子里是两朵粉红的山茶花。

“汉——克，”琼·露易丝说，“这是买的啊！”

"大老远从莫比尔订的，"亨利说，"随六点钟的班车送来的。"

"我该戴在哪儿呢？"

"我的小祖宗啊，戴在该戴的地方！"芬奇博士忍无可忍了，"过来！"

他一把夺过琼·露易丝手中的山茶花，别在她的肩头，目光严厉地直瞪着她的假胸。"现在，你能行行好，走出这栋屋子了吗？"

"我忘了拿手袋。"

芬奇博士掏出手绢，抹了一把下巴。"亨利，"他说，"去把那鬼东西发动起来。等会儿我跟她一起和你在前面见。"

她与父亲吻别，道了晚安。他说："祝你玩得尽兴。"

梅科姆县高中体育馆用气球和红白色的皱纹纸饰带布置得别有情调。一张长长的桌子放在最里面；纸杯、一盘盘三明治和餐巾纸环绕着两个装满紫色混合饮料的潘趣酒盆。体育馆的地板新打了蜡，篮球架叠起来，直顶到天花板。青枝绿叶围饰着舞台前方，舞台中央不知为什么立着几个硬纸板做的硕大的红字母"MCHS"，这是梅科姆县高中的缩写。

"很漂亮，不是吗？"琼·露易丝说。

"看上去可真不赖，"亨利说，"不举行比赛时这儿岂不是显得更宽敞？"

他们加入一群围站在潘趣酒盆旁的师兄弟和姐妹的行列。很明显，那群人对琼·露易丝刮目相看。她天天见的女生向她打听，她的裙子是哪里买的，仿佛她们的裙子都不是在那儿买的。“金斯伯格的店。卡波妮挑的。”她说。几个学弟，几年前和她还是水火不容的，这会儿忸怩地与她攀谈起来。

亨利递给她一杯潘趣酒，她嘀咕：“假如你想继续和高年级学生聊天什么的，尽管去，我没事。”

亨利朝她微笑。“你是我的舞伴，斯库特。”

“我知道，但你不必觉得非要——”

亨利大笑。“我没有觉得做哪件事是义务。我真心邀请你来。我们跳舞吧。”

“好的，但慢一点。”

他拉着她，转到场地中央。大喇叭播送着一支舒缓的乐曲，琼·露易丝有条理地暗数着拍子，跳完了整支曲子，只犯了一个错。

随着夜色渐深，她发现她的表现差强人意。好几个男生在曲子中间截她做舞伴，而当她流露出想脱身而不得的迹象时，亨利从未走远。

她很有自知之明地在播吉特巴舞曲时坐于一旁，并避开带有南美色彩的音乐。亨利说，等她学会了一边讲话一边跳舞，她将是万人迷。她希望这个夜晚永远不会结束。

杰姆和艾琳妮的入场引起一阵骚动。杰姆被选为毕业班最帅的帅哥，这是一个中肯的评价：他遗传了他母亲又大又圆的褐色眼睛和芬奇家的浓眉，五官匀称。艾琳妮是成熟优雅的最佳典范。她身穿一条紧身的绿色塔夫绸礼服，脚蹬高跟鞋，她翩翩起舞时，几十个手镯在她手腕上叮当作响。她有碧绿的眼睛，乌黑的头发，巧笑倩兮，属于万无一失会令杰姆为之情迷的那类女孩。

杰姆尽本分和琼·露易丝跳了一支舞，告诉她，她表现得很好，但她的鼻子油光闪亮，对此她反讥说，他的嘴上有口红。曲子结束后，杰姆把她交给了亨利。"我不敢相信，你六月份要去参军了，"她说，"这听起来，让你显得如此老成。"

亨利正欲张嘴回应，突然两眼一瞪，紧紧把她搂入怀中。

"出什么事了，汉克？"

"你不觉得这里面很热吗？我们出去吧。"

琼·露易丝试图挣脱，但他把她抱得很紧，迈着舞步，走出侧门，步入夜色中。

"你怎么啦，汉克？是不是我说了什么——"

他牵着她的手，带她绕到教学楼的前面。

"啊——"亨利说。他握着她的双手。"亲爱的，"他说，"看看你的前面。"

"这儿乌漆墨黑的，我什么也看不见。"

"那么摸一摸。"

她摸了摸，倒吸了一口凉气。她右侧的胸垫跑到了胸口中央，左侧的胸垫几乎滑到了她的左腋下。她急忙把它们拉回原位，眼泪夺眶而出。

她在校舍的台阶上坐下，亨利坐在她旁边，用手臂搂着她的肩。等她止住哭泣后，她说："你什么时候注意到的？"

"就是刚才，我发誓。"

“你觉得他们是不是已经笑话我很久了？”

亨利摇摇头。“我觉得没有人注意到，斯库特。听着，杰姆就在我之前和你跳的舞，假如他注意到了，肯定会告诉你的。”

“杰姆满脑子都是艾琳妮，就算有龙卷风朝他奔来，他也看不见。”她又嘤嘤地哭了起来，“我再也没脸面对他们了。”

亨利拥了拥她的肩膀。“斯库特，我发誓，那东西是在我们跳舞时滑脱的。用点逻辑想一想——假如有人看见，他们准会告诉你的，你清楚这一点。”

“不，我不清楚。他们只会窃窃私语和哈哈大笑。我知道他们的反应。”

“毕业班的人不会，”亨利沉着地说，“自从杰姆进来以后，你一直在和橄榄球队的人跳舞。”

的确。队员一个接一个地请她跳舞——那是杰姆暗中安排的，确保她玩得愉快。

“此外，”亨利继续说道，“我反正对他们没有好感。你在他们中间时举手投足显得不太自然。”

她心头被蜇了一下。她说：“你的意思是，我在他们中间时像个小丑吗？没有他们时，我也像个小丑。”

“我的意思是，你完全不是琼·露易丝。”他补充道，“你一点也不像小丑，在我看来，你很好。”

“谢谢你这么说，汉克，但你只是说说而已。我浑身胖得不是地方，而且——”

亨利大叫起来。“你才多大啊？还不到十五。你还在继续发育哪。这不，你记得格拉迪丝·格里尔森吗？记得他们以前称她为‘肥臀’吗？”

“汉——克！”

“喂，瞧她现在。”

格拉迪丝·格里尔森，毕业班比较讨喜的花瓶之一，经历过和琼·露易丝一样的苦恼，且程度更深。“她现在苗条极了，不是吗？”

亨利说话的语气显出大将之风：“听着，斯库特，那东西会让你在今晚剩下的时光里不得安宁。你最好把它摘了。”

“不。我们回家吧。”

“我们不回家，我们要再进去，度过一个愉快的夜晚。”

“不！”

“别闹了，斯库特，我说了我们要再进去，所以把那玩意儿摘了！”

“送我回家，亨利。”

亨利狂躁地把手伸到她连衣裙的领口里面，不带一丝欲求，把那气人的装备拉了出来，往夜色中一扔，尽可能抛到最远。

“现在，我们可以进去了吗？”

似乎没有人注意到她外形的变化，亨利说，这就证明，她像一只骄傲的孔雀，以为大家从头到尾都在看她。

第二天是上学日，舞会在十一点散场。亨利松开油门让福特车滑过芬奇家的车道，然后在楝树下停住。他和琼·露易丝走向前门，在为她开门前，亨利伸出双臂轻轻抱了她一下，并吻了她。她感觉两颊发烧。

“再一次，祝你好运。”他说。

他又亲了她一下，在她身后关上门。她听见他吹着口哨，跑步穿过马路，直奔他的住处。

她饥肠辘辘地踮着脚走过走廊去厨房。在经过她父亲的房间时，她看见门底下透出一线光。她敲敲门，走了进去。阿迪克斯在床上看书。

“玩得可愉快？”

“我玩得太——痛快了，”她说，“阿迪克斯啊？”

“嗯？”

“你觉得汉克是不是比我大太多了？”

“什么？”

“没什么。晚安。”

第二天上午，她因为对亨利动了情而心事重重，好不容易挨到点名结束，班主任宣布，第一堂课上课铃一响，初中班和高中班将有一个特别集会，这时她才回过神来。

在去大礼堂的途中，她脑子里想着的尽是有望见到亨利，至于马费特小姐[1]有什么话要讲，她兴趣寥寥。估计又是推销战

---

① 即下文提到的图费特先生（Mr. Tuffet），马费特小姐（Miss Muffet）这个绰号来源于一首颇为流行的童谣《小马费特小姐》：“小马费特小姐，坐上一个小土包（tuffet），吃着她的布丁奶酪；迎面走来一只大蜘蛛，一屁股坐在她身旁，马费特小姐吓得赶紧跑。”

时公债。

梅科姆县高中的校长是一位名叫查尔斯·图费特的先生，为了抵消名字带来的消极联想，他习惯摆出一副使他酷似五分硬币上那个印第安人的表情。图费特先生的个性暮气沉沉，他灰心丧气，是一位郁郁不得志的教育学教授，对年轻人毫无感情。他来自密西西比的山区，这使他在梅科姆县落了下风：精明务实的山里人不理解沿海平原的梦想家，图费特先生也不例外。他刚到梅科姆县时，一来就通告家长，他们的孩子是他生平见过的最粗野无礼的，他们只适合学干农活，足球和篮球是浪费时间，幸好他不喜欢兴趣小组和课外活动，因为上学和人生一样，是一项商业企划。

他的学生们，从年龄最大到年龄最小的，反应雷同：始终容忍图费特先生，但大多时候对他置之不理。

琼·露易丝和她班上的同学坐在礼堂的中部区块。毕业班坐在后方，与她隔着过道，因此转头看亨利很容易。杰姆坐在他旁边，睥睨着眼睛，不作声，一副没好气的样子——他上午素来都是这副样子。图费特先生面向他们，发布了几条公告，琼·露易丝感到庆幸，他正在消耗第一堂课的时间，这就是说，不用上数学课了。在她转身之际，图费特先生进入了正题：

他一生中遇到过各式各样的学生，他说，有的带枪上学，但他从未见识过像他今早走上人行道时看到的如此道德败坏的行为。

琼·露易丝与旁边的人交换了下眼色。“他在发什么神经？”她低语道。“天知道。”她左边的那位回答。

他们是否意识到此般恶行罪不可恕？他希望让他们了解，这个国家在打仗，正当我们的男儿——我们的兄弟和儿孙——在为我们战斗和牺牲之际，有人对他们做出下流的侮辱之举，犯下这一恶行的人为人不齿。

琼·露易丝环视四周茫茫一片困惑的面孔。她可以在公开场合轻而易举地认出过失当事人，可她看到的全是木然的惊讶。

而且图费特先生会在休会前宣布他知道是谁干的，假如此人想获得宽大处理，请他带着写好的检查，在两点之前到他办公室去。

图费特先生肆意滥用这有史以来校长们最老套的伎俩着实让人反感，集会的学生压抑着满腔厌恶跟着他来到教学楼前面。

“他就爱书面招供，”琼·露易丝对她的同伴说，“他以为这样做就具有法律效力。”

“没错，他只相信白纸黑字写下来的东西。”一个人说。

“然后，只要是写下来的，他一概信以为真。”另一个人说。

“莫非有人在人行道上画了纳粹的标志？”第三个人说。

“行啦。”琼·露易丝说。

他们绕过教学楼，立定。似乎没有哪里不对：路面干净，前门完好，灌木丛未受破坏。

图费特先生等全校人到齐后，极其照顾镜头地向上一指。“瞧，”他说，“你们每个人，都瞧一瞧！”

图费特先生很爱国。他是每次公债运动的主席，他在战争动员集会上发表冗长啰唆的讲话，他倡议并自认为万分骄傲的提案，是一块巨型看板，应他的要求竖立在前面的操场上，公布以下梅科姆县高中毕业生在服役，为国效力。他的学生认为图费特先生竖这块看板的用心更为阴暗：他向他们每个人征收二十五美分，把这算作是他自己的功劳。

顺着图费特先生的手指，琼·露易丝望向那块看板。上面写着，为国效。遮去最后一个字，在晨风中轻轻飘动的是她的胸垫。

“我明确地告诉你们，”图费特先生说，“今天下午两点钟前，我的办公桌上最好有一份签了名的检查书。昨晚，我就在校园里，”他一字一句地强调说，“行了，上课去吧。”

这是个好主意。他总是偷偷摸摸出现在学校舞会场所附近，企图逮到有人卿卿我我。他朝停着的车子里张望，并击打灌木丛。说不定他看见了他们。汉克为什么非要把那玩意儿扔了不可呢？

“他是在吓唬人，”课间休息时杰姆说，“不过话又说回来，他有可能不是。”

他们在学校的食堂。琼·露易丝努力表现得不惹人注目。全校人在笑声、恐惧和好奇中炸开了锅。

“别说了，你们这些人，让我去向他招供吧。”她说。

“不要犯傻，琼·露易丝。你知道他是想瞎猫捉死耗子。毕竟，事情是我干的。”亨利说。

“哎呀，看在老天的分上，那东西是我的！”

“我明白汉克的心情，斯库特，”杰姆说，“他不能让你去自首。”

“我没明白为什么不行。”

“讲了多少遍了，我反正不能让你去，就这么简单。你难道还不明白？”

“不明白。”

“琼·露易丝，你是我昨晚的舞伴——”

“我这辈子永远无法理解男人。”她说。她对亨利的爱意荡然无存了。“你不用保护我，汉克。今早我不是你的舞伴。你知道，你不能去向他招供。”

“绝对不能，汉克，”杰姆说，“他会扣留你的毕业证。”

毕业证对亨利的意义比对他的大多数朋友都更为重要。他们中有些人就算被开除也没事，大不了去上寄宿学校。

“你这样做正中他的下怀，”杰姆说，“在毕业前两个星期把你开除，他干得出来。”

“所以让我去吧，”琼·露易丝说，“我巴不得被开除呢。”她说的是真话，上学令她烦透了。

“这不是重点，斯库特。你就是不能去。我可以解释——不，我不能，其实，”亨利说，他开始意识到冲动行事可能造成的后果，“我什么也解释不了。”

“好啦，”杰姆说，“现在情况是这样的。汉克，我认为他是在吓唬人，但很有可能他不是。你知道，他四处潜行，说不定把你们的一举一动都听个一清二楚，你们几乎就在他办公室的窗下——”

“可他的办公室没有开灯。”琼·露易丝说。

“——他就爱坐在黑暗中。假如斯库特向他坦白，肯定没什么好果子吃；可假如你向他坦白，他铁定把你开除，而你非毕业不可，小子。”

“杰姆，”琼·露易丝说，“你讲得很头头是道，但对我们毫无助益——”

“你的情势，照我看，汉克，”杰姆根本不搭理他妹妹，镇定自若地说，“你要是去自首，就死翘翘了；要是不自首，也死翘翘。”

“我——”

“哦，住口，斯库特！”亨利怒喝道，“你难道看不出来，我要是让你去自首，我就永远没法再抬起头来了吗？”

“哎——哟，我从没见过这样的英雄！”

亨利跳了起来。“等一下！”他喊道，“杰姆，把车钥匙给我，替我去一下自习室。我会回来上经济课。”

杰姆说：“马费特小姐会听见你出校门的，汉克。”

“不，他听不见。我会把车推到路上。而且，他会在自习室。”

从图费特先生看守的自习室逃课并不难。他个人对他的学生并不上心，只知道那些捣蛋鬼的名字。图书馆的座位是事先分配好的，但如果谁明确表示不愿去参加自习，队伍就并拢；位于该排最尾端的人把余下的椅子搬到外面的走廊上，等下课后重新放回去。

琼·露易丝的注意力丝毫不在她的英语老师身上，经过五十分钟的煎熬后，她在去上公民课的途中被亨利拦了下来。

“嗨，听着，”他简练地说，“照我讲的做，你去向他招供。这么写……”他递给她一支铅笔，她打开笔记本。

“这么写：‘敬爱的图费特先生。那东西看起来像是我的。’签上你的全名。最好用钢笔抄写一遍，这样他就会相信。好，你到快正午时去，把这交给他。明白了吗？”

她点点头。“快到正午时去。”

她去上公民课时，她知道事情已经败露了。成群的学生聚集在走廊里，嘀咕窃笑。她镇定地面对龇牙咧嘴的笑容和友好的眨眼，没有发作——他们简直都令她心情好转了。只有大人才会事事都往坏处想，她心想，并认定她的同学相信的内容和杰姆与汉克所传播的差不多。可他们为什么要讲出去呢？他们将成为永远的笑柄——他们不会在乎，因为他们即将毕业，可她还得在这儿再待三年。不，马费特小姐会将她开除，阿迪克斯会送她去别的什么地方上学。阿迪克斯会在马费特小姐告诉他那骇人听闻的事件时大发雷霆。哎，还好，这让汉克得以脱身。他和杰姆逞强斗勇了一阵子，但最终她是对的。这是唯一的办法。

她用钢笔誊写了她的自白书，随着正午的临近，她的士气大为衰减。通常，没有比和马费特小姐争吵更令她享受的事了，这家伙如此愚钝，因而只要注意保持一副严肃悲伤的神情，几乎对他说什么都可以。但今天，她没有兴致雄辩理论。她感到紧张，并因此瞧不起自己。

在沿走廊往他办公室走时，她隐隐感到一丝不安。他在集会上称之为下流、道德败坏；他会怎么对全镇人说呢？梅科姆镇流言盛行，将会有各种说法，传回阿迪克斯的耳中——

图费特先生正坐在他的办公桌后面，气冲冲地盯着桌面。“你来干什么？”他说，头都没抬。

“我想把这个交给您，校长。”她边说边本能地向后退却。

图费特先生接过她的纸条，看都没看就揉成一团，丢进了废纸篓。

琼·露易丝有种大跌眼镜的感觉。

“啊，图费特先生，”她说，“按照您的要求，我来向您承认——那东西是我在金斯伯格的店里买的。”她又莫名其妙地加了一句：“我完全无意——”

图费特先生抬起头，脸气得通红。“你别站在那儿，告诉我，你不是有意的！自我教书以来，我从未遇到过——”

现在她骑虎难下了。

可是她越听越觉得图费特先生的话是泛泛地针对全体学生，而非针对她，只是在重复他一早的心情。最后他得出定论，总结这股不良之风是梅科姆县促成的。这时，她打断他说：

“图费特先生，我只想说，我做的事不该归咎于大家——您不必把气出在每个人身上。”

图费特先生紧抓着他办公桌的边缘，咬牙切齿地说：“作为对这番放肆之举的惩罚，你准备放学后留校一小时，年轻的女士！”

她做了一个深呼吸。“图费特先生，”她说，“我想这里面有点误会。我不是非常——”

“你不懂，是吗？那么我拿给你看！”

图费特先生一把扬起厚厚一沓活页纸，冲着她挥舞。

“小姐，你是第一百零五位。”

琼·露易丝翻看那一页页纸。内容都一样，每张上都写着“敬爱的图费特先生，那东西看起来像是我的”，然后签着全校九年级以上每个女生的名字。

她沉思着站了片刻，想不出能说什么对图费特先生有帮助的话，便悄悄溜出了他的办公室。

“他彻底垮了。”他们开车回家吃饭的途中，杰姆评论说。琼·露易丝坐在她哥哥和亨利中间，他们认真地听她叙述图费特先生的反应。

“汉克，你是个不折不扣的天才，”她说，“你到底怎么想出这个主意的？”

亨利深深抽了一口他的烟，把烟灰弹出窗外。“我咨询了我的律师。”他很摆谱地说。

琼·露易丝用手捂住嘴。

“当然，”亨利说，“你们知道，从我和大人的膝盖一样高开始，他就一直关照我的事务，所以我就去了一趟镇上，向他说明此事。我直接征求他的意见。”

“是阿迪克斯让你这么做的？”琼·露易丝惊叹地问。

“不，他没有让我这么做，是我自己的主意。他兜了一会儿圈子，说那归结为一个平衡权益之类的问题，说我处在一个相当有趣但岌岌可危的位置。他坐在椅子里转了个圈，眺望窗外，说他总是尽量设身处地从客户的角度……”亨利停顿了一下。

“接着说。”

“哦，他说由于我的麻烦极其微妙，而且既然没有证据显示犯罪动机，他乐得迷惑一下陪审员——不管那是什么意思——接下来，嗬，我就不知道了。”

“噢，汉克，你知道的。”

“好吧，他讲了一些法不责众的道理，说，假如他是我的话，他不会妄想串供做伪证，但据他所知，所有的胸垫看起来都一样，他能为我做的差不多也就是这些了。他说，他会在月底寄账单给我。我还没走出办公室便想到了这个点子！”

琼·露易丝说：“汉克——他有没有讲，他有什么话要对我说的？”

“对你说的？”汉克朝她转过身去，“他可一个字也不会同你讲。他不能。你难道不知道，对律师说的所有事情都是保密的？”

哗啦。她把纸杯在桌子上压平，把脑海中的这些面孔压个粉碎。现在是两点钟，太阳当空，和昨天的太阳、明天的太阳一样。

地狱是永恒的分离。她做了什么，让她必须这样度过余生，伸出手渴望抓住他们，秘密地回到过去，而不是迈向现在？我是他们的骨血，我已扎根进这块土地，这是我的家。可我和他们不是一脉相承，土地不在乎谁扎根进来，在鸡尾酒会上，我是一个异乡人。

16

“汉克，阿迪克斯在哪里？”

亨利在办公桌前抬起头。“嗨，亲爱的。他去了邮局。我正打算去喝咖啡。一起来吗？”

迫使她离开坎宁安先生的店来事务所的那份动力让她跟随亨利来到人行道上：她希望反复偷偷地观察他们，确认他们的外貌没有也发生某些令人惊恐的形变，可是她不愿同他们讲话，不愿触碰他们，以免使他们在她面前做出更丑恶不堪的行径。

她和亨利并肩朝杂货店走去，她不知道梅科姆镇是否在为他们筹划秋天或冬日的婚礼。我是另类，她想，我必须和一个男人达到琴瑟和谐的状态，才能跟他上床。眼下，我连同他讲话都做不到——没法同我情谊最深的朋友讲话。

他们面对面坐在一个卡座里，琼·露易丝仔细研究着餐巾纸盒、糖罐、盐瓶和胡椒瓶。

“你怎么不讲话，”亨利说，“咖啡茶会怎么样？”

“如受酷刑。”

“赫斯特去了吗？”

“嗯。她跟你和杰姆差不多大，是吗？”

“是啊，同班的。比尔今早告诉我，她浓妆艳抹就为了这咖啡茶会。”

“汉克，比尔·辛克莱想必是个阴郁的人吧。”

“为什么这么说？”

“他给赫斯特灌输的连篇鬼话——”

“什么鬼话？”

“唉，天主教徒、乱党分子和天知道什么玩意儿。赫斯特满脑子都是这些。”

亨利笑起来，说：“宝贝，太阳跟着她的比尔东升西落。他讲的每句话都是真理。她爱她的丈夫。”

“爱自己的丈夫会那样吗？”

“和那大有关系。”

琼·露易丝说：“你的意思是丧失自己的身份，是吗？”

“在某种程度上是。”亨利说。

“那样的话，我想我永远不会结婚。我从没遇到一个男人——”

“你将同我结婚，记得吗？”

“汉克，现在我不妨告诉你，这事儿没戏了，我不会嫁给你。就是这样，没了。”

她没打算讲这话，可她忍不住。

“我之前听过了。”

“那么，我现在告诉你，假如你真的想要结婚——”说话的人是她吗？“——你最好开始四下物色。我从来没有爱过你，但你一直肯定我爱你。我以为我们能在那种‘我爱你’的基础上缔结连理，但是——”

“但是什么？”

“我对你连那样的爱也没有了。我伤害了你，但事已至此。”没错，是她在讲话，以她惯常的泰然自若，在杂货店令他心碎。哎，是他先令她心碎的。

亨利的脸变得木然，涨得通红，脸上的疤痕倏然突起。“琼·露易丝，你不是说真的。”

“我句句当真。”

心痛，是吗？对极了，心痛。现在，你尝到那是什么滋味了。

亨利把手伸过桌子，握住她的手。她把手抽了出来。“别碰我。”她说。

“亲爱的，出了什么问题？”

问题？我会告诉你出了什么问题。有些话你不会爱听的。

“好吧，汉克。事情很简单：昨天我去听了那场会。我看见你和阿迪克斯得意洋洋地在那下面，坐在那张桌旁，和那个——那个渣滓，那个混账的家伙坐在一起，而我告诉你，这让我反胃。偏偏是我要嫁的那个男人，偏偏是我的亲生父亲，偏偏令我恶心到呕吐，到现在还在吐！老天爷啊，你们怎么能这样？你们怎么能？”

“我们必须做很多我们不想做的事，琼·露易丝。”

她火冒三丈。“这算什么回答？我以为杰克叔叔终于疯了，但现在我看也未必！”

“亲爱的，”亨利说，他把糖罐移到桌子中央，又推了回去，“这件事要这么看。梅科姆县公民议会说到底，只是——一种向最高法院抗议的形式，在某种程度上提醒黑人，不要这么着急，这是为了他们好，那是——”

“——为任何想要兴风作浪、喊出‘黑鬼’的败类量身定做的。你怎么能参与这样的事，你怎么能？”

亨利把糖罐推向她，又拿了回来。她从他手中夺下糖罐，砰地放在角落里。

“琼·露易丝，就像我之前说的，我们必须做——”

“——很多我们不——”

“——你能让我把话讲完吗？——我们不想做的事。不，请听我解释。我在努力思考该怎么说，才有可能让你明白我的意思……你知道三K党——？”

“是的，我知道三K党。”

“那么，安静一分钟。很久以前，三K党受人尊敬，和共济会成员一样。当年，在芬奇先生年轻时，但凡有点声望的人都是三K党成员。你知不知道芬奇先生加入过？”

“不管芬奇先生这辈子加入过什么组织，我都不会惊讶。这就是说——”

“琼·露易丝，住口！现在，芬奇先生和所有人一样厌恶三K党，而那时也是一样。你知道他为何加入吗？为了彻底查清镇上面具背后的人是谁。哪些男人，哪些人。他参加了一次会议，这就够了。那位蛊惑人心的术士恰巧是循道宗教会的牧师——”

“阿迪克斯就喜欢和那种人交往。”

“住口，琼·露易丝。我在试图使你了解他的动机：三K党在当时只是一股政治势力，并没出现焚烧十字架的事，但你的爸爸，不论过去还是现在，依旧对置身于蒙面人当中感到极其不安。假如需要他挺身而出的时刻来临，他必须要搞清他要与之对抗的是什么人——他必须查明他们的身份……”

“所以我德高望重的父亲是无形帝国的成员之一——”

“琼·露易丝，那是四十年前——”

“事到如今，他可能当上大龙头[1]。”

亨利平和地说：“我只是在试图让你别只盯着人们的行为，而要去了解他们的动机。一个人可以表面上加入某个不怎么好的组织，但不要自以为是地去以此对他做出裁决，除非你知道他的动机。一个人可以内心澎湃，但他明白，温和的反应比公然动怒更有效。一个人可以谴责他的敌人，但更明智的是认清他们。我说有时我们不得不做——”

琼·露易丝说：“你的意思是，先随大流，然后等时机到来——”

亨利截住她的话：“瞧，亲爱的，你有没有考虑过，男人——特别是男人，必须依从他所在社区的某些特定需求，只有这样，他们才能为其效力。

---

① 美国三K党的州头目。

“梅科姆县是我的家，亲爱的。这里是我心目中最理想的居住地。我自儿时起便在这儿建立起良好的信誉。梅科姆人了解我，我了解梅科姆人；梅科姆人信任我，我信任梅科姆人。这个镇是我的衣食父母，梅科姆给了我优渥的生活。

“可梅科姆镇提出某些要求作为回报。它要求你过一种相当清白的生活，要求你加入基瓦尼斯俱乐部，星期天上教堂，要求你入乡随俗——”

亨利端详着那个盐瓶，大拇指在其开有凹槽的表面上下移动。“记住这一点，亲爱的，”他说，“一直以来，我必须卖命工作，以得到我现在所拥有的一切。我在广场对面的那家店打工——大部分时候，我累得筋疲力尽，只能够勉强跟上课业。夏天，我回到家，在妈妈的店里干活，不在那儿干活时，我便在家里敲敲打打。琼·露易丝，我从小到大必须艰苦奋斗，争取那些对你和杰姆来说理所当然的东西。有些对你而言理所当然的东西我从未享有过，也永远不可能享有。我能依靠的只有我自己——”

“我们谁都只能靠自己，汉克。”

“不，没有。在这儿不是。”

“你这话什么意思？”

“我的意思是，有些事，我压根儿不能做，而你能。”

“可我为什么是这样一个特权人物呢？”

“你姓芬奇。”

“的确我姓芬奇。那又怎样？”

“所以你能随心所欲，穿着粗蓝布工装裤，衬衣下摆露在外面，光着脚，大模大样地走在镇上。梅科姆人说：‘她的体内流着芬奇家的血。她的作风就是那样。’梅科姆人呵呵一笑，去忙自己的事了——昔日的斯库特·芬奇永远都是老样子。梅科姆人早有先见之明地相信你一丝不挂地去河里游泳，对此欣然接受。‘一点没变，’他们说，‘还是以前的琼·露易丝。记不记得那时她——？’”

他放下盐瓶。“要是亨利·克林顿显出任何离经叛道的迹象，梅科姆人不会说，‘他的体内流着克林顿家的血’，而会说，‘他骨子里是个败类’。”

“汉克，事情不是这样的，你心知肚明。这有失公允，尖酸刻薄，但归根结底，更重要的是，这根本就是子虚乌有！”

“琼·露易丝，那不是子虚乌有，”亨利温柔地说，“你可能连想都没有想过——”

“汉克，你染上了某种情结。”

“我什么情结都没染上。我只是了解梅科姆人。对此我丝毫没有神经过敏，但老天爷，我绝对能察觉到。这告诉我，有些事我不能做，有些事我必须做，假如我——”

“假如你什么？”

“哎，甜心，我非常希望在这儿定居，我喜欢别的男人喜欢的东西。我想要维持在本镇人心目中的地位，我想为这座镇子效力，我想当个律师出人头地，我想赚钱，我想结婚成家——”

“照那个顺序，我想得没错！”

琼·露易丝从卡座起身，大步走出杂货店。亨利紧随其后。在门口，他转过身，大吼他过一会儿来结账。

“琼·露易丝，站住！”

她站住了。

“嗯？”

“亲爱的，我只是想让你看清——”

“我全看清了！”她说，“我清楚地看见一个诚惶诚恐的小人；我看见一个对阿迪克斯唯命是从的小人，一个吓得没有独立主见的人，一个不敢和其余血气方刚的男儿一起坐视不理的人——”

她开始迈步。她觉得她大致是在朝车子的方向走去。她觉得她把车停在了事务所前面。

“琼·露易丝，求求你，能等一分钟吗？”

“行，我等着。”

“你知道，我告诉过你，有些事，你总是视为理所当然——”

“好吧，没错，很多事情我都觉得是理所当然的。就像那些你让我心动的方面。天知道，我有多仰慕你，因为你所拥有的一切，都是你奋力争取来的，一切都是你自力更生得来的。我以为许多事与这同生并存，但显然不是。我以为你有胆量，我以为——”

她沿着人行道往前走，没有察觉到梅科姆镇的人在看她，亨利正可怜巴巴地走在她旁边，样子很滑稽。

“琼·露易丝，求求你，能听我一句吗？”

“该死的，你究竟想说什么？”

“我只想问你一件事，一件事——你到底期望我怎么做？告诉我，你到底期望我怎么做？”

“怎么做？我期望你把你贴了金的屁股从公民议会的席位上挪开！我不管是不是阿迪克斯坐在你的对面，英国国王在你的右边，主耶和华在你的左边——我期望你做一个男人，仅此而已！”

她猛地吸了口气。“我——你参加过天杀的战争，那样的事，的确令人恐惧，可你挺过来了，你挺过来了。然后你回到家乡，在恐惧中度过你的下半辈子——恐惧梅科姆！亚拉巴马的梅科姆——兄弟啊！”

他们来到了事务所门前。

亨利抓住她的肩膀。“琼·露易丝，你能停一秒钟吗？求求你，听我说。我知道我没什么了不起，但稍微想一想，请你想一想。这是我的人生，这座小镇，你难道不明白这一点吗？见他妈的鬼，我属于梅科姆县的败类，但我属于梅科姆县。我是懦夫，我是小人，我死不足惜，但这是我的家。你想要我怎么做？去屋顶上高喊‘我叫亨利·克林顿，我告诉你们，你们全都大错特错了’吗？我得在这儿生活，琼·露易丝。你难道不明白吗？”

“我明白你是一个十足的伪君子。”

“我想让你看清，我亲爱的，你可以随心所欲，无所顾忌，而我不能。你可以对着上天大喊，我却不能。假如人们对我心存芥蒂，那我在镇上还能派得上什么用场？我要是离开梅科姆——瞧，你必须承认，我受过一定程度的教育，在梅科姆镇派得上一定的用场——你承认这一点吗？工厂的工人做不了我的工作。所以，我难道要让这一切付诸东流，回县南部，去店里向人推销面粉吗？我明明可以用我拥有的法学技术帮助他们。哪一个更值得？”

“亨利，你如何能面对你自己？”

“这相对来说要容易些。我只要有时不照自己的信念投票，那就行了。”

“汉克，我们存在天壤之别。我知道的不多，但我知道一件事。我知道，我不能同你一起生活。我不能同一个伪君子一起生活。”

一个冰冷、悦耳的声音在她身后响起：“我不懂你为什么不能。伪君子和所有人一样，有生活在这个世界上的权利。”

她转过身，目不转睛地盯着她父亲。他把头上的帽子往后推了推；他的眉毛扬起；他在朝她微笑。

17

“汉克，”阿迪克斯说，“你们何不去好好观赏一下广场上的玫瑰？要是问得得法，埃丝特尔说不定会送你们一朵呢。看来我是今天唯一一个问得得法的人。”

阿迪克斯把手放在他的翻领上，那儿插着一个新鲜、绯红的花蕾。琼·露易丝把目光投向广场，看见埃丝特尔在午后的太阳下只现出个黑黢黢的身影，不停地在矮树丛下锄地。

亨利向琼·露易丝伸出他的手，又放下，垂至体侧，一言不发地走了。她望着他穿过街道。

“他的事，你全知道？”

“当然。”

阿迪克斯对他视如己出，把原来要给杰姆的爱都给了他——她恍然意识到，他们正站在杰姆毙命的地方。阿迪克斯看见她打了个寒战。

“那件事依然挥之不去，是吗？”他说。

“是的。”

“是时候放下那件事了。埋葬逝去的人吧，琼·露易丝。”

“我不想讨论这个。我想换个地方。”

“那么，去我的办公室吧。”

她父亲的办公室向来都能为她提供庇护。那里舒适宜人，在那儿，即便麻烦没有消失，也会变得可以忍受。她不知道他桌上的摘要、文件和庞杂的专业资料是否和以前一样。那时，她会上气不接下气地跑进来，一心想要讨五分钱去吃冰激凌蛋筒。她能想象他在转椅里转过身，伸开腿。他会把手伸至口袋深处，掏出一把零钱，从中挑选一枚非常特别的五分镍币给她。他的门永远向他的孩子敞开。

他缓缓坐下，转过身面朝她。她看见一丝痛楚从他脸上闪过并逝去。

“汉克的事，你全知道？”

“是的。”

“我不懂男人。”

“哦——哦，有些男人从妻子手里骗取买菜钱，但不会动念欺骗卖菜的人。男人往往将他们的诚实分类归档，琼·露易丝。他们可以在某些方面百分百诚实，而在其他方面自欺欺人。别对汉克如此苛刻，他在进步。杰克告诉我，你为了某些事而生气。”

“杰克告诉你——”

“刚才打电话来说的——连同别的事——说就算你尚未开战，也快了。从我听到的话来看，你已经开战了。”

原来如此。杰克叔叔告诉了他。现在，她已经习惯了，她的家人一个接一个弃她而去。杰克叔叔是最后致命的一击，叫他们统统见鬼去吧。很好，她会告诉他——告诉他，然后离去。她不会与他理论，多说无益，她一向说不过他，她这辈子从未在他那儿赢过一场论战，如今她也不打算再试。

“一点没错，我为了某些事而生气。就是你在搞的那个公民议会。我觉得令人作呕，我现在就明确地告诉你。”

她的父亲在椅子里往后一靠。他说：“琼·露易丝，一直以来，你读的只是纽约的报纸。我深信，你所见到的全是野蛮无度的恐吓、爆炸案和诸如此类的事。梅科姆县的这个议会与亚拉巴马北部和田纳西的那些不一样。我们的议会由我们自己人组成和领导。我敢说，昨天你几乎见到了县里的每一位代表，出席的人，几乎每一位你都认识。”

“说得对，我都认识，以那位阴险卑鄙的韦罗贝为首的每个人。”

“出席的每个人，出席的原因也许各有不同。”她的父亲说。

还从未有过一场为如此繁多的理由而战的战争。那是谁讲的？“是啊，但他们聚在一起的原因只有一个。”

“我可以告诉你两个我出席的原因。联邦政府和全国有色人种协进会。琼·露易丝，你对最高法院判决的第一反应是什么？”

这是一个安全的问题。她会回答他。

"我很气愤。"她说。

的确。她早有预见，知道会是什么裁决，以为自己有心理准备，但当她在街角买了报纸，读到这条消息时，她走进她路过的第一家酒吧，喝下一杯没有掺水的波旁威士忌。

"为什么？"

"可不是嘛，瞧他们，又在对我们指手画脚——"

她的父亲咧嘴一笑。"你的反应仅是基于你的本性，"他说，"当你开始用头脑去思考时，你怎么看？"

"没什么看法，我只感到惶恐。一切似乎都本末颠倒——他们正把车厢远远放在马的前面。"

"何以见得？"

他在提点她。随他去。他们谈的是安全的话题。"这个，在试图满足一条修正案的同时，他们好像抹杀了另一条。第十条。那是一条很短的修正案，只有一句话，但从某种角度讲那似乎是关系最为重大的一条。"

"这是你自己思考出来的吗？"

"怎么啦，当然。阿迪克斯，我对宪法一无所知……"

"照这么看，你对宪法似乎很精通。继续。"

继续什么？告诉他，她无法直视他的眼睛吗？他想知道她对宪法的见解，然后他将提出他的见解："嗯，为了满足一小部分人的真正需要，最高法院似乎开创了某些可怖的先例，那会——那会影响到绝大多数民众——是不利于绝大多数民众，确切地说。阿迪克斯，我对此一无所知——在我们和某个聪明的家伙想要起头的任何事情之间只隔着宪法，结果最高法院出来了，就那样轻快地取消了一整条修正案，在我看来是这样。我们有一个制衡之类的系统，但涉及最高法院时，我们却并没有多少制约力，所以谁来为大家的共同利益承担这个风险呢？啊呀，我听起来像演员工作室的学员。”

“什么？”

“没什么。我——我只是想说，在试图做出正确选择的同时，我们似乎给某些可能切实危及我们体制的东西留了个缺口。”

她用手指梳理头发。她望着对面墙上一排排棕黑两色封面的书、法律报告；她望着她左侧墙上一幅褪色的照片，是罗斯福戏称的“九大元老”①。罗伯茨是不是已经辞世？她记不起来了。

她父亲的声音平静耐心：“你是说——”

“是的，没错，我是说我——我对政府、经济及等等这些了解不多，我也不想了解很多，但我明确知道，联邦政府对我，对一个小小的公民而言，多半相当于沉闷的通道，在无所事事地干等。我们拥有的通道越多，等待的时间越长，我们越发感到厌倦。高挂在墙上的那些老古董明白这个道理——在处理事件时，我们原本应该通过国会和州议会，可现在，在试图做出正确的选择时，我们偏偏设立更多通道，使等待的时间更久，以减轻他们的工作——”

---

① 美国最高法院由一名首席法官与八名法官组成，罗斯福戏称高等法院为“九大元老”。

她的父亲坐起身子，哈哈大笑起来。

“我告诉过你，我对此一无所知。”

“亲爱的，你如此坚定地维护州权，相比之下，我倒成了罗斯福自由派阵营中的一员。”

“维护州权？”

阿迪克斯说：“既然我已调整耳根，谛听了富有女性特色的说理，我认为，我们所信奉的东西并无二致。”

她曾勉强准备忘却她目睹耳闻的事，悄悄返回纽约，把他变成一段回忆，一段有关他们三个人的回忆——阿迪克斯、杰姆和她，在回忆里，事情简单纯粹，人们不说谎。但她不愿让他罪上加罪。她不能让他再添一层伪善：

“阿迪克斯，假如你信奉那一切，那么你为何不做出正确的选择？我是说真的，无论最高法院多么可恨，事情必须有一个开端——”

“你的意思是，因为那是最高法院讲的，所以我们必须接受，对吗？决不。我不这么看。假如你认为，我作为一个公民，就这么心甘情愿地接受，那么你完全错了。如你所言，琼·露易丝，在这个国家，只有一样东西高于最高法院，那就是宪法——”

“阿迪克斯，我们在各说各的。”

“你在回避一些事。是什么事？”

*黑暗塔。去黑暗塔的罗兰少爷归来。*高中校园里亮着灯。杰克叔叔。现在我想起来了。

“是什么事？我在试图表明，我不赞成他们的做法，想到他们的做法，我吓得要死，但他们非那么做不可。事情摆到了他们面前，他们非那么做不可。阿迪克斯，是到我们必须该做正确选择的时候了——”

“做正确的选择？”

“是的，没错。给他们一个机会吧。”

“那些黑人？你认为他们没有机会吗？”

“是啊，丝毫没有。”

“在这个国家，有什么能阻止黑人，不让他去他想去的地方，得到他想要的东西？”

“这是一个别有用心的问题，你清楚得很！我对这种道德上的两面派实在厌恶透了，我——”

他刺伤了她的心，而她让他看到了她的痛，她控制不了。

她的父亲拿起一支铅笔，在他的办公桌上轻轻敲了敲。“琼·露易丝，”他说，“你是否考虑过，你不能让一班落后的人生活在拥有某种高度文明的人中间，建立一个社会乐园？”

“你在扰乱我的思路，阿迪克斯，这样，让我们暂时把社会学放在一边。当然我明白那个道理，但我曾听到一些东西，我听到一句口号，萦绕在我脑中挥散不去。我听到‘人人享有平等的权利；无人享有特权’。对我而言，这句话的意思很清楚。这句话没说，从上面抽掉一张对白人有利的牌，从下面抽掉一张对黑人不利的牌，那——”

“我们要这么来看，”她的父亲说，“你明白这个国家的全体黑人是落后的，对吗？你愿意承认这一点吗？你明白‘落后’

这个词暗示的所有麻烦，是吗？”

“是的，没错。”

“你认识到，南部这儿的绝大部分黑人没有能力完全分担公民的职责，以及其中的原因，对吗？”

“一点没错。”

“但你希望让他们享有一切特权？”

“见他妈的鬼，你在扭曲话题！”

“骂人没有意义。仔细想一想：河对岸的阿伯特县，乱得不像样。全县人口有近四分之三是黑人。亏得有那所大师范学校，如今选民人数几乎是一半对一半。假如天平倾覆，那会出现什么局面？那个县将无法保留现有的全体登记员，因为假如黑人的选票略超过白人，那么每个县级办事处里都将出现黑人——”

“你凭什么那么确定？”

“宝贝，”他说，“用用你的脑子。他们投票时，是拉帮结派地投票。”

“阿迪克斯，你就像那位老出版商，派遣一名社里的画师去报道美西战争。‘你画画。我来制造战争。’你和他一样刻薄。”

“琼·露易丝，我只是想告诉你一些明显的事实。你明白事情应该如何，但你也必须正视事情的真实状况。”

“那么，当我坐在你的腿上时，你为什么没有让我看清事情的真实状况呢？你为什么没有让我看清，你为什么疏忽大意，在你念历史之类在我看来对你有一定意义的故事给我听时，没有告诉我，在这一切的周围都圈着围栏，上面写着‘仅限白人’？”

“你前后矛盾。”她的父亲温和地说。

“这怎么讲？”

“你把最高法院骂得体无完肤，接着你一转身，讲的话像出自全国有色人种协进会。”

“我的天啊，我不是因为黑人而对最高法院感到恼怒。黑人把案情摘要啪地丢在法官面前，没错，但那不是使我愤怒的原因。我抨击的是他们对待第十修正案的做法和种种含混的思路。黑人——”

伴随这场战争的问题……伴随着你个人内心斗争的问题。

“你如今是加入哪个组织了吗？”

“你何不干脆打我呢？看在上帝的分上，阿迪克斯！”

她的父亲叹了口气。他嘴角的皱纹加深了。他关节肿胀的双手抚摩着他的黄色铅笔。

“琼·露易丝，”他说，“眼下，让我告诉你几句话，我会尽可能表述得清晰明了。我是老派人，但有一点，我真心实意地相信，我属于追随托马斯·杰斐逊的民主党人。你知道那是什么意思吗？”

“嚯，我以为你选的是艾森豪威尔。我想杰斐逊是民主党的重要灵魂人物之一什么的。”

“回去再上一遍学，”她的父亲说，“今天，民主党和杰斐逊的唯一关联是把他的像挂在宴会上。杰斐逊认为，完整的公民资格是一项特权，应该是每个人靠努力获得的，而不是某些随便给予或随便接受的东西。在杰斐逊看来，一个人不能只因为他是人而享有投票权。他必须是一个有责任感的人。投票，对杰斐逊来说，是人为自己争取到的一项宝贵特权，在一种——一种相互宽容、互不相扰的经济体系下。”

“阿迪克斯，你是在篡改历史。”

“不，我没有。回去看一看我们某几位建国之父真正信奉的是什么，那也许对你有益，不要过多地信赖如今人们告诉你他们信奉什么的话。”

“你也许是杰斐逊的追随者，但你不是民主党人。”

“杰斐逊也不是。”

“那么你是什么样的人，自命不凡之徒还是什么？”

“是。在谈到政府时，我愿意接受‘自命不凡之徒’这个称号。我非常希望能在相互宽容、互不相扰的经济体系下独立处理自己的事务，我希望我所在的州能独立当家，不要全国有色人种协进会在这儿指手画脚，他们对本地事务几乎一无所知，更不关心。那个组织在过去五年中更多的是煽风点火——”

“阿迪克斯，我在过去两天中见识的事情中，全国有色人种协进会干的连一半都没有。问题在我们。”

“我们？”

“没错，是我们。你。你们在为州权和我们该有什么样的政府争执不休、慷慨陈词的时候，想过帮助黑人的问题吗？

“我们坐失了良机，阿迪克斯。我们置身事外，让全国有色人种协进会介入，因为我们把满腔怒火发泄在我们知道最高法院会做的事情上，发泄在他们实际做的事情上，我们自然而然地开始喊出‘黑鬼’，拿他们出气，因为我们痛恨政府。

“事情来临时，我们不做一点变通，反而转身逃跑。我们本该努力帮助他们接受适应那个决定，可我们却像波拿巴撤退似的跑得飞快。我猜这是我们有史以来第一次逃跑，这一跑，我们就输了。他们能何去何从？他们能求助于谁？在我看来，我们受来自全国有色人种协进会的罪，还有其他的罪是活该。”

“我想你说这话不是当真的。”

“我字字都是说真的。”

“那么现在就让我们根据实际情况来分析这件事。你希望一车车黑人出现在我们的学校、教堂和剧院里吗？你希望他们走入我们的天地吗？”

“他们也是人，不是吗？当他们为我们创造财富时，我们十分乐意引进他们。”

“你希望你的孩子上一所沦落到招收黑人小孩的学校吗？”

“街那头那所学校的教学水平低得不能再低了，你知道的，阿迪克斯。他们有权享有和其他任何人平等的机会，他们有权享受平等的机遇——”

她的父亲清了清嗓子。“听着，斯库特，你生气，因为你看到我在做某些你认为是错的事，但我想让你明白我的立场，想尽一切办法要让你明白。我只是要告知你一点，仅供你参考，别无其他：就我的阅历而言，白人是白人，黑人是黑人。目前为止，我还没听过一个能改变我这一信念的理由。虽然我已经七十二岁了，但我仍愿意听取意见。

“嗨，设想一下，假如南方的黑人突然间全被赋予了完整的公民权，那会出现什么情况？我来告诉你。那将是又一次重建。你希望你的州政府由不懂如何运作政府的人来运作吗？你希望这个镇子由——好，先等一等——韦罗贝是个坏蛋，我们了解这一点，但在我们认识的黑人里，有谁的学识和韦罗贝一样吗？泽布可能当上梅科姆镇的镇长。你希望某个能力和泽布差不多的人来管理小镇的钱款吗？我们寡不敌众，你知道。

“宝贝，你似乎没明白，南部这儿的黑人作为一个民族，仍处于幼年期。你应该清楚这一点，你从小到大都看在眼里。在向白人靠拢方面，他们取得了了不起的进步，但他们还差得远。他们进展顺利，在以他们能承受的速度往前走，他们中有投票权的人比以前增多了。结果全国有色人种协进会横插一脚，提出异想天开的要求和草率的治理方案——不愿让对南方日常问题一窍不通的人来教导南方该如何对待他们自己的人民，这有错吗？

“全国有色人种协进会不关心黑人是自己拥有土地还是租借土地，他的收成如何，也不关心他有没有努力学习一门手艺，自力更生——什么都不管，全国有色人种协进会关心的只是那人的投票权。

“因此，你能因为南方想要抵抗那些人的入侵而大加指责吗？他们显然对他们的种族感到羞耻，欲除之而后快。

“你在这儿长大，过着你一直在过的那种生活，怎么会只看到有人践踏第十修正案这一面？琼·露易丝，他们在试图摧毁我们——你的头脑跑哪儿去了？”

“就在这儿，在梅科姆镇。”

“这话是什么意思？”

“我的意思是，我就在这儿，在你的屋檐下长大，我从来不了解你内心的想法，我只听你讲的话。你忘了告诉我，我们天生优于黑人，拜他们满头鬈发的脑袋所赐；你忘了告诉我，他们能够达到这个程度，但仅止于这个程度；你忘了告诉我昨天欧汉隆先生告诉我的事。会上，以居高临下的口气说话的人是你，但你却让欧汉隆先生把你的意思表述出来。你既是懦夫，也是势利小人和暴君，阿迪克斯。在讲到公平正义时，你忘记说明，公平正义是某种与人无关的东西——

“今早我听见你谈及泽布的儿子……与我们的卡波妮、与她曾和我们的关系，以及她曾对我们多么尽心尽职一概无关——你看到的是黑鬼，看到的是全国有色人种协进会，你在平衡权益，对吗？

“我记得你辩护的那起强奸案，但我搞错了要领。没错，你热爱正义，逐条记录在辩护状上的抽象的正义——与那个黑人青年无关，你只是喜欢一份简单明了的辩护状。他的利益与你条理清晰的头脑相抵触，所以你必须从混乱中理出头绪。那是你的一种强迫症，现在你自作自受——”

她站了起来，手扶着椅背。

“阿迪克斯，我把话丢给你，我会细细地讲清楚：你最好去提醒你的后生朋友，假如他们想要维持我们的生活方式，请从家里做起。不是从学校、教堂或别的地方，而是从自己家里做起。告诉他们，并用你黑白不分、道德败坏、误入歧途、喜爱黑鬼的女儿作为你的例子。摇着一口钟到我面前说：‘行为不检！’把我当作你的过失示众，把我示众：琼·露易丝·芬奇，受同学中白人败类各种鬼话的挑唆，要早知道她会受这些恶劣的影响，都不会让她去上学。她视为神圣信条的一切皆是她在家从她父亲身上学来的。你在我心中播下了种子，阿迪克斯，现在你自作自受——”

“你要讲的话讲完了吗？”

她冷笑了一声。“还不到一半。我永远不会原谅你对我的所作所为。你骗了我，你把我赶出家门，现在我众叛亲离，但也好——梅科姆镇再无我的容身之所，永远不会有别的地方给我家的感觉。”

她的声音变得嘶哑。“老天在上，你为什么不再婚呢？娶一个出身良好、头脑愚笨的南方淑女，循规蹈矩地抚养我长大？把我改造成一个满脸堆笑、满嘴甜言蜜语的如花女子，扑闪着睫毛，交叉双手，除了围着她们的小老公转别无他求。那样我至少可以无忧无虑。我将是百分百地道的梅科姆人；我将过完我卑微的一生，让你享受含饴弄孙之乐；我会像姑姑一样摊开身子，在前廊上给自己打扇，然后含笑九泉。你为什么不告诉我正义与正义、对与对之间的区别？你为什么不？”

“我认为没有那个必要，现在我依然这么认为。”

“哦，那是必要的，而且你心里清楚。上帝啊！说到上帝，你为什么不明明白白告诉我，上帝创造了种族，把黑人安置在非洲，就是要把他们拴在那儿，让传教士跑去告诉他们，耶稣爱他们，但打算叫他们留在非洲？我们把他们运到这儿，根本就是一个天大的错误，所以错在他们！耶稣爱众生，但人分不同种类，每一类，各有围栏把他们圈起来，照耶稣之意，任何人可以想走多远走多远，但必须在那围栏之内——”

“琼·露易丝，回到现实中来。”

他说得如此轻巧，使她顿时张口结舌。她汹涌如潮的恶语，劈头盖脸地砸向他，可他依然稳坐在那儿。他拒绝动怒。在她内心的某个角落，她觉得自己一点不像淑女，而相反，世上没有一种力量可以撼动他的绅士风范，不过，脑海里的活塞继续驱使着她：

“行，我回到现实中来。我会直接着陆在我们家的客厅。我会走到你面前。我信任你。我敬仰你，阿迪克斯，我这辈子从未那样敬仰过一个人，以后也绝不会再有。如果你给过我一点暗示，对我食言过几次，冲我发过脾气或不耐烦过——如果你不是十全十美，也许我本可以接受我看见你干的事。如果你让我撞见一两次你在为非作歹，那么昨天我就能理解。我会说，那就是他的德行，那是我的老爹，因为在人生的路上，我对此已有准备——”

她父亲的脸上流露出关怀、近乎恳求的表情。“你似乎认为我在参与一件十恶不赦的事，”他说，“那个议会仅是出于我们的防卫，琼·露易丝——”

“欧汉隆先生是我们仅有的防卫吗？”

“小宝贝，我很乐意说明欧汉隆先生不是梅科姆县公民议会的典型成员。我希望你注意到了我在介绍他时只有寥寥片语。”

“你讲得是比较简短，但阿迪克斯，那个人——”

“欧汉隆先生没有成见，琼·露易丝。他是个虐待狂。”

“那么你为何偏偏让他上台呢？”

“是他要求的。”

“你再说一遍？”

“哦，是真的，”她的父亲含糊地说，“他去全州各地的公民议会发表演说。他征求许可，想在我们的会上发言，我们批准了。我倒认为他是收了马萨诸塞州某个组织的钱——”

她的父亲从她面前转开，眺望窗外。“我一直在试图使你明白，梅科姆县的这个议会，不管怎么说，只是一种防卫手段，以免——”

“防卫，鬼扯！阿迪克斯，我们现在不是在谈宪法。我在努力让你看清一些事。瞧你，你对所有人一视同仁。我这辈子从未见过你像这儿的白人那样，你在同黑人讲话、在要求他们做某些事时，没有半点背着手的傲慢态度。你同他们讲话时，也没有半点‘别越界，黑鬼’的意思。

“可当他们作为一个民族出现时，你却伸出手挡在他们面前，说：‘停下。你们只能走到这儿！’”

“我以为我们一致同意——”

她的话音里饱含讽刺：“我们是一致同意，他们落后，他们目不识丁，他们肮脏、可笑、懒惰、一无是处，他们幼稚至极，他们愚蠢，他们中的有些人确实如此，但有一件事，我们没有达成一致，也永远都不可能达成一致。你拒绝承认他们是人。”

“何以见得？”

“你拒绝给予他们希望。这个世上的任何人，阿迪克斯，任何有头、有手、有脚的人，生来就在心中怀有希望。你在宪法里找不到这句话，那是我在上教堂时的某个时刻领悟到的。他们头脑简单，他们中的大多数人都是，但那不表示他们低人一等。

“你告诉他们，耶稣爱他们，但爱得不多。你在用卑鄙无耻的手段为在你看来对大多数人有益的目标而辩护。你的目标很可能是对的——我觉得我信奉的也是同样的目标——但你不能把人当作你的工具，阿迪克斯。你不能。希特勒和俄国那伙人已经为他们的祖国干下了某些天理不容的好事，他们屠杀了数百万人，使他们……”

阿迪克斯莞尔一笑。“希特勒，呃？”

“你好不了多少。你根本没好到哪儿去。你只是试图残杀他们的灵魂，而不是他们的身体。你只是试图告诉他们：‘瞧，听话。规矩点。假如你们乖乖的，听我们的话，你们可以过得不错，但假如你们不听我们的，我们什么也不会给你们，还要拿走我们已经给予你们的东西。’

“我知道这必将是缓慢的过程，阿迪克斯，这一点我再清楚不过了。但我也知道事情必须如此。不知道如果南方有一个‘善待黑鬼周’，那会怎么样。只需有一个星期，南方人能向他们表现出一些简单、公平的礼遇。不知道会出现什么情况。你觉得那会让他们摆起架子还是开始树立自尊？你有没有遭到过白眼冷遇，阿迪克斯？你知道那是什么感觉吗？哦，别告诉我，他们是小孩，感觉不到——我在小时候就感受过，所以成年的小孩也一定能感觉到。一个十足的白眼，阿迪克斯，让你感觉好像你卑贱得不能与人为伍。在遭受了一百年系统化的非人待遇后，他们今天怎么能有这么开化的状态，我百思不解。我很好奇，要是给他们一个星期的体面，我们可以创造出什么样的奇迹。

“说这些话根本毫无意义，因为我知道你绝不会让步，你永远不会。你用一种难以表达的方式欺骗了我，但你不必为此感到困扰，因为落人笑柄的是我。你曾是我心目中唯一一个百分百信赖的人，现在完了。”

“我扼杀了你，斯库特。我非那样不可。”

“你别再跟我讲模棱两可的欺人之谈！你是一位正派、和蔼的老绅士，而我将永远不会再相信你对我说的话。我鄙视你和你的一切主张。”

“好吧，我爱你。”

“你还敢对我讲这种话！爱我，哼！阿迪克斯，我会迅速离开此地，我不知道我要去哪里，但我不会留下。我这辈子都不想再见到一个芬奇家的人，或听说有这样一个人！”

“随你的便。”

“你这个两面派，夹着尾巴的狗杂种！你就坐在那儿，说

‘随你的便’，在你已把我打倒在地，践踏我，啐我以后，你就坐在那儿，说‘随你的便’，当这个世上我曾爱过的一切都——你就坐在那儿，说‘随你的便’——你爱我！你这个狗杂种！”

“够了，琼·露易丝。”

够了，在她尚存信念的日子里，这是他要求安静的号令。所以他扼杀我，并把事情扭曲……他怎么能这样奚落我？他怎么能这样对待我？老天爷，请带我离开这儿……老天爷，请带我离开……

第七部

18

她完全不知道她是怎么把车子发动的，又怎么在路上稳住方向，怎么平安无恙地回到家的。

我爱你。随你的便。假如他没说那些话，也许她不会崩溃。假如他堂堂正正地与她争辩，她可以借用他自己的话驳斥他，可她无法抓住水银握在手中，它如同智神墨丘利般狡黠而来去无踪。

她走进卧室，把她的手提箱扔到床上。我就是在这张床上出生的。你为何不在那时就掐死我呢？你为什么让我活了这么久？

“琼·露易丝，你在做什么？”

“收拾行李，姑姑。”

亚历山德拉来到床边。“你还有十天才走。出了什么事吗？”

“姑姑，看在基督的分上，别管我！”

亚历山德拉拉下脸。“我谢谢你，别在这个家里使用扬基佬的措辞！怎么啦？”

琼·露易丝走到衣橱前，从衣架上扯下她的连衣裙，回到床边，塞进手提箱。

“没有这样收拾行李的。”亚历山德拉说。

“我就是这样收拾。”

她从床边一股脑儿拾起她的鞋，也扔进了箱子。

“这算什么，琼·露易丝？”

“姑姑，你可以发布一个公报，大意是，我将离开梅科姆县，走得远远的，远到需要花一百年时间才能回来！我永远不想再见到这个地方或这里的任何人，包括你们每一个人，殡仪员、遗嘱检验法官和循道公会理事会的主席！”

“你和阿迪克斯吵架了，是吗？”

“是的。”

亚历山德拉坐到床上，双手交扣。“琼·露易丝，我不知道你们为什么吵架，从你的样子看，想必吵得很凶，但我只知道一点：芬奇家的人不当逃兵。”

她转向她的姑姑：“耶稣基督，你别来告诉我，芬奇家的人做什么，芬奇家的人不做什么！我已经受够了芬奇家的人做的事，再多待一秒我也无法忍受！自打我出世以来，你就把这套玩意儿强行灌输给我——你的父亲这样，芬奇家的人那样！我的父亲坏得难以形容，杰克叔叔犹如梦游仙境的爱丽丝！还有你，你是个自高自大、心胸狭隘的老——”

琼·露易丝不说话了，被亚历山德拉脸上流下的眼泪震住了。她从没见过亚历山德拉哭。亚历山德拉哭泣时的表情和别人没什么两样。

“姑姑，请原谅我。请说，你原谅我了——我不公道地伤害了你。”

亚历山德拉的手指拽着床罩上垂下的一簇簇梭结花边。“没关系。你别放在心上。”

琼·露易丝亲了亲姑姑的面颊。“我今天一直不大正常。我猜人受伤时的第一反应是反击。我不是很有涵养，姑姑，但你有。”

“你错了，琼·露易丝，假如你认为你没有涵养的话，”亚历山德拉擦了擦眼睛说，“不过有时你的确乖僻得很。”

琼·露易丝合上手提箱。“姑姑，你继续认为我有涵养吧，无需多久，只要等到五点钟阿迪克斯回家，然后你就不会这么认为了。好吧，再见。”

正当她拎着手提箱朝车子走去时，她看见镇上的一辆白色出租车一路驶来，芬奇博士从车上下来，站在人行道上。

*来找我。当你再也忍不下去时，来找我。*噢，我再也忍受不了你了。你隐晦地比较，喋喋不休地兜圈子，我简直再也听不下去了。别来烦我。你风趣、和蔼、什么都好，可请别来烦我。

她用眼角余光望着她叔叔平静地沿着曲折的车道走来。他个子矮小，迈的步伐却如此之大，她心想。这是我会记住的他的一个特点。她转过身去，把一把钥匙插进后备箱的锁里，不对，不是这把，她又试了另一把。开了，她掀起盖子。

“要出去？”

“是的，没错。”

“去哪儿？”

“我将钻进这辆车，开到梅科姆火车站，坐在那儿，上出现的第一班火车。请转告阿迪克斯，假如他想把车要回去，他可以派人来取。”

“停止自怜自艾，听我说。”

“杰克叔叔，我已经腻烦，对你的长篇大论厌倦透了，我都想仰天狂啸！你可不可以别来烦我？你能不能暂且放我一马？”

她砰地关上后备箱盖，一把拔出钥匙，直起身，芬奇博士粗暴的反手巴掌结结实实地打在她嘴上。

她的头朝左边一甩，碰到他正凶猛收回去的手。她打了个趔趄，手摸向车子，想站稳。她看见她叔叔的脸在跳动的细小光点中闪闪发亮。

“我在试图吸引你的注意。”芬奇博士说。

她把手指按向她的眼睛、她的太阳穴，按向她的头部两侧。她挣扎着不让自己昏倒，不让自己呕吐，不让自己的脑袋晕眩。她感觉血涌上她的牙齿，她闭着眼朝地上吐了口痰。渐渐地，她脑袋里铜锣般的轰响消退了，她的耳朵停止了耳鸣。

“睁开你的眼睛，琼·露易丝。”

她眨了几下眼，她叔叔的形象蓦然变得清晰了。他的手杖夹在他的左臂肘里，他的马甲一尘不染，他的翻领上有一个绯红的玫瑰花蕾。

他向她递来手绢。她接了过来，擦了擦嘴。她心力交瘁。

“火气都撒完了？”

她点点头。“我再也没力气跟他们斗了。”她说。

芬奇博士抓着她的手臂。“但你也无法加入他们的行列，对吗？”他低声说。

她感觉她的嘴肿了起来，她艰难地翕动嘴唇：“你险些把我打死。我太累了。”

他默默地搀着她朝家走去，穿过走廊，进了浴室。他扶她坐到浴缸边沿，走到药柜前，打开。他戴上眼镜，侧仰着头，从最上层的架子上取下一个瓶子。他从包装袋里抽出一团棉球，朝她转过身来。

“抬起你的脸蛋儿。”他说。他用棉球蘸满药水，转过身去处理她受伤的上唇，做了一个嫌恶的鬼脸，然后轻拭她的伤口。“这可以防止你乱吃东西。山德拉！”他喊道。

亚历山德拉从厨房里走了出来。“怎么了，杰克？琼·露易丝，我以为你——”

“别管那事儿了。家里有迷魂汤吗？”

“杰克，别胡闹。”

“得了吧，嘿。我知道你藏着用来做蜜饯蛋糕。仁慈的上帝，好姐姐，给我一点威士忌吧！到客厅去，琼·露易丝。”

她头晕眼花地走进客厅，坐了下来。她的叔叔跟了进来，一手端着一个平底玻璃杯，里面是三指深的威士忌，另一手端着一杯水。

“假如你一口气把这全部喝下去，我奖你十美分。”他说。

琼·露易丝喝了，呛到了。

“屏住呼吸，傻瓜。喏，接着喝。”

她抓起那杯水，飞快地喝了下去。她始终闭着眼，让温暖的酒精缓缓流遍她全身。当她睁开眼睛时，看见她的叔叔坐在沙发上，安详地打量着她。

过了一会儿他说：“感觉怎么样？”

“热。”

“那是烈酒的作用。告诉我，你此刻脑子里在想什么。”

她虚弱地说：“一片空白，我的上帝。”

“倔丫头，你不能学我的话！告诉我，你有什么感觉？”

她皱着眉头，眼皮挤作一团，用舌头触碰她生疼的嘴。“不知怎么的，不太一样。我人坐在这儿，却好像坐在我纽约的公寓里。我不知道——我觉得怪怪的。”

芬奇博士起身，把手插进口袋里，又抽出来，两臂相拥放在背后。“那——好吧，我打算去为我那个举动喝一杯。我这辈子都没对女人动过手。我在考虑去对你姑姑动一下手，看有什么反应。你在那儿坐一小会儿，别出声。”

琼·露易丝坐在那儿，听见她的叔叔在厨房向他姐姐大发牢骚。她咯咯笑了起来。“我当然要喝一杯啦，山德拉。那是我应得的。我不是天天干打女人的事。假如你对我打女人这件事感到不习惯的话，我可以告诉你，那会使你浑身无力……哦，她没事……我没发觉喝酒和吃酒有什么区别……我们统统都得下地狱，只是一个时间问题……别这么顽固，姐姐，我还没倒地不起……你干吗不来一杯呢？”

她感觉时间停止了，她身处在一个不算难受的真空里，四周没有陆地也没有生命，但在这个冷漠之所，有一种模糊的友好气氛。我醉了，她心想。

她的叔叔春风得意地回到客厅，从一个盛满冰块、水和威士忌的细长玻璃杯里小口抿着酒。“瞧我从山德拉那儿搞到了什么。我彻底坏了她的蜜饯蛋糕。”

琼·露易丝逼他把话说清楚：“杰克叔叔，”她说，“我敢肯定，你知道今天下午发生的事。”

“是啊。你对阿迪克斯说的每个字我都知道，你痛骂亨利时，我在家几乎都能听见你的声音了。”

老混蛋，他跟踪我到镇上。

“你偷听？不干别的，偏偏——”

“当然没有。你觉得现在你可以讨论这个话题了吗？”

讨论这个话题？“嗯，我想可以。前提是，你不要对我拐弯抹角。我想我现在听不进什么科伦索主教。”

芬奇博士利索地坐到沙发上，身体前倾凑向她。他说：“我会对你直言不讳，我亲爱的。你知道为什么吗？因为我可以了，现在。”

“因为你可以了？”

“是的。回想一下，琼·露易丝。回想一下，昨天，今早的咖啡茶会，今天下午——”

“你知道今早的什么事？”

“你从没听说过电话这样东西吗？山德拉很配合地回答了几个富有见地的问题。你把你的大呼小叫传播到了四面八方，琼·露易丝。今天下午，我试图以迂回的方式给你一些帮助，让你更容易理解整件事情，向你点明一些道理，起一点缓和的作用——”

“缓和什么，杰克叔叔？”

“缓和你落入这个尘世的冲击。”

芬奇博士拿起杯子喝酒时，琼·露易丝看见他锐利、褐色的眼睛越过玻璃杯瞥了她一眼。那是他身上你往往会忽略的东西，她想，他的小动作如此之多，以至于你都没有注意到他在多么密切地观察你。他装疯卖傻，真是，狡猾程度不输世上任何一只狐狸。他的学识远远超过狐狸。天哪，我醉了。

“……现在回想一下，”她的叔叔说，“这一切仍历历在目，不是吗？”

她凝神思索。没错，确实历历在目，每句话都是，但又有几分不一样。她静静地坐着，回忆着。

“杰克叔叔，”她最后说，“一切仍历历在目。确实发生过，不可抹杀。但你瞧，不知怎的，都可以忍受了。这——这一切都可以忍受了。”

她讲的是实话。她并未穿越时空，经历使万事万物变得可以忍受的旅程。今天就是今天，她惊奇地看着她的叔叔。

“感谢上帝，”芬奇博士平静地说，“你知道为什么现在可以忍受了吗，我亲爱的？”

“完全不知道。我对事情欣然接受，该怎么样就怎么样。我不想质疑。我只想维持现状。”

她察觉到她叔叔投来的目光，把头侧向一边。她压根不信任他：他要是敢提麦克沃思·普雷德[1]，说我就像他一样，我就在日落以前赶到梅科姆火车站。

“你最终会自己琢磨出来的，”她听见他说，“但让我推你一把。今天你的头脑没有一点空闲。那是可以忍受的，琼·露易丝，因为现在你有你自己的主见了。”

不是麦克沃思·普雷德的主见，是我的主见。她抬头看看她的叔叔。

芬奇博士伸开双腿。“这相当复杂，”他说，“我不想让你落入累人的谬误中，对你心中的情结想入非非——那样的话，我们余生都会被你烦死，所以我们要避免这种情况。每个人身处的孤岛，琼·露易丝，每个人的守望者，是他的良心。不存在集体良心这样的东西。”

这是以前没听他说过的。随他讲吧，他会有办法绕到十九世纪去的。

“……嘿，小姐，你生来有你自己的良心，一路走来，在某个时刻，你把你的良心像藤壶似的紧紧依附在你父亲的良心上。你渐渐长大，当你长大成人后，你在不知不觉中把你的父亲与

① W. 麦克沃思·普雷德（Winthrop Mackworth Praed，1802—1839），英国政治家、诗人。

上帝混为一谈。你从未把他看作一个凡人，有着凡人的心灵，也有凡人的缺点——我得向你承认，你也许很难看出来，虽然他犯的错误少之又少，但和我们每个人一样，他也会犯错。你在情感上不健全，依赖于他，从他那儿获取答案，认定你的答案就是他的答案。”

她谛听着沙发上那个身影的讲话。

“当你碰巧发现他在做某些在你看来似乎与他的良心——你的良心——背道而驰的事时，你简直不堪忍受，甚至给你造成了身体上的不适。生活对你而言成了人间地狱。你必须杀死自己，或者他必须杀死你，使你能够作为独立的个体思考活动。”

杀死我自己。杀死他。我必须杀了他才能活下去……“听你的口气，好像你早已预料到了这件事。你——”

“是的。你的父亲也预料到了。有时我们会自问，你的良心和他的良心何时会分道扬镳，为了什么分道扬镳。”芬奇博士莞尔一笑，“瞧，现在我们知道了。唯一让我感到欣慰的是，争吵发生时，我在场。阿迪克斯不可能像我现在这样同你讲话——”

“为什么不能，先生？”

“你不会听他的。你不可能听。我们的神离我们非常遥远，琼·露易丝，他们绝不会下到凡尘来。”

“那是他不——不揍我的原因吗？那是他甚至都不试图为自己辩解的原因吗？”

“他在让你一个接一个地打碎你的偶像。他在让你把他降级到人的地位。”

我爱你。随你的便。换作朋友，这或许只是一场激烈的辩论，交换意见，不同观点之间硬碰硬的对撞；而对象换作是他，她则要赶尽杀绝。她试图把他撕成碎片，摧毁他，消灭他。去黑暗塔的罗兰少爷归来。

"你明白我的话吗，琼·露易丝？"

"嗯，杰克叔叔，我明白你说的。"

芬奇博士跷起二郎腿，把手塞进口袋里。"当你停止逃跑，琼·露易丝，并回头时，那个转身需要莫大的勇气。"

"是吗？"

"噢，不是那种使士兵穿过荒无人烟之地的勇气。那是一种因为他必须鼓起勇气而鼓起的勇气。这种勇气——嗯，属于一个人的生存意志，属于一个人自我保护的本能。有时候，我们必须杀掉一点东西才能活下去，要是我们不这样做——要是女人不这样做，她们会每天哭着入睡，让她们的母亲洗净她们的长筒袜。"

"你说'当我停止逃跑'，那是什么意思？"

芬奇博士低声轻笑着。"你知道，"他说，"你非常像你父亲。今天我试图向你指出这一点；我很抱歉，我使用的策略会让已故的乔治·华盛顿·希尔[1]忌妒——你和他真是像极了，不过你是偏执狂，而他不是。"

---

① 乔治·华盛顿·希尔（George Washington Hill，1884—1946），美国烟草公司董事长，以推崇恶心重复的广告理念而闻名。

“请您再说一遍？”

芬奇博士咬住下嘴唇，又松开。“嗯，这个嘛，偏执狂。不是大号的偏执狂，只是普通萝卜大小的。”

琼·露易丝起身朝书架走去。她抽出一本词典翻阅起来。“‘偏执狂，’”她念道，“‘名词。顽固或过分忠于他个人的教会、政党、信仰或见解的人。’请把话说清楚，先生。”

“我只是在试图回答你提出的逃跑的问题。容我稍稍细说一下这个定义。偏执狂在遇到反对他见解的人时，会怎么做？他不让步，他拒绝通融，连听也不想听，一味抨击。瞧你，你被世上最伟大的父爱搞得颠三倒四，所以你逃跑了，而且是没命地逃。

“自你回家以来，你无疑听到了一些颇为不堪入耳的言论，但你没有骑上你的战马，不假思考地去打倒，而是转身逃跑。你说，实际是这么回事，‘我不喜欢这些人的做法，所以我没时间理他们。’你最好抽出时间对付他们，宝贝，否则你永远不会长大。活到六十岁，你还是今天的你——那样你会成为一个研究对象，而非我的侄女。你往往不给任何人余地，在思想上接纳他们的意见，无论在你看来他们有多傻。”

芬奇博士交扣双手，放在脑后。“哎呀呀，小宝贝，人们不赞同三K党，但他们绝对没有试图阻止他们披上床单，当众出丑。”

“你为何偏偏让他上台呢？”“是他要求的。”上帝啊，我干了什么？

“但他们对人动武，杰克叔叔——”

“嗳，那是另一回事，而这恰又是你在你父亲的问题上未能顾及到的一点。你洋洋洒洒地大谈专制暴君、希特勒、夹着尾巴的狗杂种——对了，你从哪儿学来的？这让我想起寒冷的冬夜，负鼠猎食——”

琼·露易丝痛苦地抽搐了下。“他全告诉你啦？”

“是啊，不过别为你骂他的话而心生忧虑。他有一副律师的厚脸皮。他年轻时被骂得更惨呢。”

“但不是被他的女儿。”

“哎，正如我所说的——”

在她的记忆中，这是第一次，她的叔叔在把她拉回到主题上。在她的记忆中，这是第二次，她的叔叔表现得与他的性情不符——第一次是在他们以前的客厅，他无言地坐着，谛听喃喃絮语：主从不赐予你超出你承受力的东西，而他说：“我肩膀疼。家里有威士忌吗？”这是一个充满奇迹的日子，她想。

“——三K党可以随心所欲地到处游行，但当他们开始投炸弹、打人时，你难道不知道谁会第一个站出来制止吗？”

“当然知道。”

“法律是他的行为准则。他会竭尽全力，阻止一个人痛打另一个人，然后他会转过身，试图遏制高高在上的联邦政府——就像你一样，孩子。你转过身，抓住不放的正是你自己树立的那个神——但记住这一点，他做任何事，都是以字面条文和法律精神为依据。这是他为人处事的原则。”

“杰克叔叔——”

“嘿，别感到内疚，琼·露易丝。今天你什么也没有做错。而且也别——看在约翰·亨利·纽曼[①]的分上——为你是个怎样的偏执狂而发愁。我告诉你了，你的偏执只有萝卜那么大。”

“可是杰克叔叔——”

“也要记住这一点：回首看看以前、昨天、十年前的我们是什么样，从来都不难，难的是看清现在的我们。假如你能掌握这个诀窍，你将一帆风顺。”

“杰克叔叔，我以为，在我拿到学士学位时，我已经把对父母幻想破灭的那种感受体验殆尽了，但有一些——”

她的叔叔开始摸索他的外套口袋。他找到了他要找的东西，从中抽出一支，说：“你有火柴吗？”

琼·露易丝愣住了。

“我说，你有火柴吗？”

“你疯了吗？我被你逮到时，你把我打得半死……你这老混蛋！”

的确，有一年圣诞，他发现她在屋子底下抽偷来的烟时曾贸然出手。

“这是证明给你看，这个世上没有公平正义。我现在偶尔会抽上一支，这是我老来做出的一个让步。有时，我不知不觉变

---

① 约翰·亨利·纽曼（John Henry Newman，1801—1890），原为圣公会牧师，后皈依罗马天主教，被擢升为枢机主教，是英国19世纪宗教史上一位重要人物。

得焦虑……这让我的手有事干。”

琼·露易丝在她椅子旁的桌上找到一个弹出式火柴罐。她划了一根，凑到她叔叔的烟上。他的手有事干，她在心中念道。她想知道，有过多少次，他的手戴着橡胶手套，客观冷静、无所不能，让某个小孩康复下床。他是疯子，绝对没错。

芬奇博士用拇指和另两根手指夹着烟。他看烟的眼神忧思重重。“你黑白不分，琼·露易丝，”他说，“你一向如此，你永远都会如此。你看到的人与人之间的区别只有外貌、智力、性格之类的。从未有人教促过你把人看作一个个种族，而既然种族是今天争执不下的话题，你便依旧无法从种族的角度去思考。你看到的只是人。”

“可是，杰克叔叔，我没有特别想要出逃，嫁个黑人什么的。”

“你知道，我行医近二十年，我在看待人类时，恐怕主要基于相对应的病痛，但我想大胆提出一点肤浅的见解。天下并没有这种说法，因为你的同学里有一个黑人或者有成群的黑人，所以你会想要嫁一个黑人。那是白人至上论者敲的一个边鼓。你在纽约见过多少例跨种族的通婚？”

“静下来想一想，少得可怜。相对而言，的确。”

“看吧，这是你的答案。白人至上论者果然很聪明。假如无法用本质上劣等的分界线吓住我们，他们就用乌烟瘴气的性包装起来，因为他们知道，这是我们这些南部的基要主义者心中唯一惧怕的事。他们试图给南方的母亲制造恐怖，唯恐她们的孩子长大后爱上黑人。他们要是不在这上面做文章，没人会把这当回事。就算出了点状况，也只是局限在个人范围内。在这个问题上，全国有色人种协进会也负有很大的责任。但白人至上论者害怕理性，因为他们知道冷静的理性会击败他们。偏见是一个贬义词，信念是一个褒义词，这两者之间具有某些共性：它们的起始都是理性的终结。”

“这很匪夷所思，不是吗？”

“这世上匪夷所思的事多着呢，这只是其中的一件。”芬奇博士从沙发上站起来，在她旁边桌上的烟灰缸里掐灭他的烟。“行啦，姑娘，送我回家吧。快五点了，你差不多该去接你父亲了。”

琼·露易丝如梦方醒。“接阿迪克斯？我永远都不能再直视他的眼睛了！”

“听着，丫头。你得改掉一个二十年的积习，而且要赶快改掉。现在就开始。你以为阿迪克斯会用雷劈你吗？”

“在我对他说了那些话以后？在——”

芬奇博士用手杖敲着地板。“琼·露易丝，你从没见过你父亲吗？”

不。她没有。她很惶恐。

“我相信你会迎来一个惊喜。”她的叔叔说。

“杰克叔叔，我做不到。”

“别和我说你做不到，丫头！再讲一遍，我会用这拐杖打你，我是认真的！”

他们朝车子走去。

“琼·露易丝，你有没有想过搬回家来住？”

“家？”

“我每次对你说的话，你要是可以不重复最后半句话或最后一个词，我将感激不尽。家。对，家。”

琼·露易丝咧嘴一笑。他又变回原来的杰克叔叔了。“没门儿。”她说。

“那么，冒着给你过多压力的危险，你可否答应考虑一下？你也许不了解情况，但这里有你的用武之地。”

“你是指阿迪克斯需要我吗？”

“不全是。我想到的是梅科姆镇。”

“那可不得了，我在这一边，别人都在另一边。假如人生就是活在源源不断像我今早听到的那种言谈中，我想我完全适应不了。”

“那正是你对于这儿，对南方未察觉到的一点。假如你知道有多少人站在你这一边，你会大吃一惊——如果‘边’这个词用在这儿合适的话。你不是特例。林区到处是像你这样的人，而我们需要更多像你这样的人。”

她发动汽车，倒出车道。她说：“我究竟可以做什么？我无法同他们战斗。我已经再无战斗力……”

“我指的不是通过战斗，我指的是通过每天早晨去上班，每天晚上回家，会会朋友。”

“杰克叔叔，我无法生活在一个我看不惯，也看不惯我的地方。”

芬奇博士说：“哼嗯。墨尔本说——”

“你要敢跟我讲墨尔本说过什么，我就停车，把你扔下去，就在这儿！我知道你有多讨厌走路——漫步去教堂、回来，逼着那只猫在院子里溜达一圈，那已是你的极限。我会直接把你扔在这儿，别以为我不会！”

芬奇博士叹了口气。“你对一位孱弱的老人痛下狠手，不过你要是愿意继续愚昧下去，那是你的权利……”

“孱弱，鬼扯！你的孱弱堪比鳄鱼！”琼·露易丝摸摸嘴巴。

“很好，假如你不准我跟你讲墨尔本说过什么，我就用我自己的话来表述：朋友在犯错时才需要你，琼·露易丝，他们在对的时候不需要你——”

“这话是什么意思？”

“我的意思是，如今要生活在南方，需要具备一定的成熟心理。你还不具备这种成熟的心理，但已经显示出一点入门的端倪。你缺乏心智上的谦卑——”

“我以为，要有智慧，必须首先敬畏主。”

“一个道理。谦逊。”

他们到了他的家。她停好车。

“杰克叔叔，”她说，“我该拿汉克怎么办？”

“照你最终会做的去做。”他说。

“委婉地拒绝他？”

“嗯哼。”

“为什么？”

“他和你不是一类人。”

爱你想爱的人，嫁则嫁你的同类。“瞧，我不打算和你争论败类的相对长处——”

“那和这无关。我被你烦死了。我想吃晚饭。”

芬奇博士伸出手，捏捏她的下巴。“下午好，小姐。”他说。

“你今天为什么对我这么不厌其烦？我知道你有多不愿意跨出这个家门。”

“因为你是我的孩子。你和杰姆是我从不曾拥有的孩子。很久以前你们俩给了我一些东西，我是在努力还债。你们俩帮我——”

“此话怎讲，先生？”

芬奇博士的眉毛向上一扬。“你不知道吗？阿迪克斯没抽时间告诉你那件事吗？哟，我很诧异山德拉竟然没有……我的妈呀，我以为全梅科姆镇都知道那件事。”

“知道什么事？”

“我爱过你的母亲。”

“我的母亲？”

“是啊。阿迪克斯和她结婚后，我从纳什维尔回来过圣诞之类的节日，结果神魂颠倒地爱上了她。我依旧——你不知道这件事吗？”

琼·露易丝把头搁在方向盘上。“杰克叔叔，我羞愧难当，我不知道该怎么做。我四处嚷嚷，就像——哦，我真想杀了我自己！”

“我不该告诉你的。这一天里自残的事已经够多了。”

“那一直以来，你——”

“嘿呀，一点不假，宝贝。”

“阿迪克斯知道吗？”

“当然。”

“杰克叔叔，我无地自容。”

“哎呀，我没想那么做的。你不是孤立无援，琼·露易丝。你不是特例。行了，去接你父亲吧。”

“你可以把这全说出来，就像那样？”

“嗯哼，就像那样。就像我说的，你和杰姆对我来说非常特别——你们是我梦想中的孩子，可正如吉卜林所讲的，那是另一回事了……明天到我这儿来一趟，你会发现我已经躺进了坟墓。”

他是她认识的唯一一个能在一个句子中引述三位作家并言之成理的人。

“谢谢你，杰克叔叔。”

“谢谢你，斯库特。”

芬奇博士下了车，关上门。他把头伸进车窗，眉毛上扬，用庄重的声音说：

“我曾是一个异常古怪的姑娘——
饱受怨气和积郁之苦。”

琼·露易丝在驶往镇上的半途中想了起来。她踩下刹车，探出窗口，向远处瘦削的身影喊道：

“可我们只玩高尚的恶作剧，不是吗，杰克叔叔？”

19

她走进事务所的门厅，看见亨利仍在办公桌前。她朝他走去。

“汉克？”

“哈罗。”他说。

“今晚七点半吗？”她说。

“好啊。”

在他们定下互相道别的约会时，一阵潮水涌来，退去，她奔跑着去迎接那潮水。他是她生命的一部分，与芬奇庄园、康宁安家族及老塞勒姆一样永恒不变。梅科姆镇和梅科姆县传授给了他一些东西，她从来不了解、永远学不会的东西，梅科姆镇让她成了一个对他毫无助益的人，而仅仅是他最老的朋友。

“是你，琼·露易丝？”

她父亲的声音吓了她一跳。

“是啊，没错。”

阿迪克斯从办公室里出来，走进门厅，从帽架上取下帽子和拐杖。“可以走了吗？”他说。

可以走了。你能对我说出“可以走了吗？”。你是什么样的人啊？那个我试图赶尽杀绝、碾碎进尘土里的人，而你说“可以走了吗？”。我无法击败你，我不能与你为伍。你难道不明白这一点吗？

她朝他走去。“阿迪克斯，”她说，“我——”

“你也许觉得后悔，但我为你感到骄傲。”

她抬起头，看见父亲笑容满面地看着她。

“什么？”

“我说我为你感到骄傲。”

“我不懂你。我一点也不懂男人，我永远也不会懂了。”

“是这样，我绝对希望我的女儿能为在她看来是正确的事而坚持立场——我首当其冲，成为她第一个顶撞的对象。”

琼·露易丝揉揉鼻子。“我用了一些很冷酷的字眼骂你。”她说。

阿迪克斯说：“任何人不管骂我什么，只要与事实不符，我都可以接受。你连怎么骂人都不知道，琼·露易丝。对了，那‘夹着尾巴’的说法，你从哪儿学来的？”

“就在梅科姆镇这里。”

“上帝啊，瞧你学的那些东西。”

上帝啊，我学的那些东西。我不希望我的世界受到侵扰，可我却想要粉碎这个努力为我维护这个世界的人。我想要消灭所有像他这样的人。我猜这就像一架飞机：他们是阻力，我们是推力，我们一起使那东西飞起来。推力太大，机头下沉，阻力太大，尾部过重——这是一个平衡问题。我无法击败他，我也不能与他为伍……

“阿迪克斯？”

“请讲。”

“我想我非常爱你。”

她看见她年迈的对手肩膀一松，把帽子往脑后挪了挪。“我们回家吧，斯库特。今天一天累坏了。帮我开一下门。”

她往边上靠靠，给他让路。她跟随他朝车子走去，望着他吃力地坐进前座。她默默欢迎他落入凡间，这一发现像捅了她一刀似的，令她微微战栗。有人从我的坟头上走过，她想，大概是杰姆，去干什么傻差事。

她走到车子另一边，顺势把身体钻到方向盘下方，这一次，她很小心，没有撞到头。

关 于 作 者

哈珀·李一九二六年出生在亚拉巴马州的门罗维尔。她著有广受好评的《杀死一只知更鸟》，曾获普利策奖、总统自由勋章和许多其他文学奖及荣誉。

图书在版编目（CIP）数据

守望之心 /（美）哈珀·李（Harper Lee）著；张芸译．—南京：译林出版社，2017.2（2022.11重印）
书名原文：Go Set A Watchman
ISBN 978-7-5447-6699-9

Ⅰ.①守… Ⅱ.①哈… ②张… Ⅲ.①长篇小说－美国－现代 Ⅳ.①I712.45

中国版本图书馆 CIP 数据核字（2016）第 267834 号

著作权合同登记号 图字：10-2015-283 号

守望之心 ［美国］哈珀·李／著 张 芸／译

责任编辑 王 珏
责任印制 颜 亮

原文出版 William Heinemann, 2015
出版发行 译林出版社
地 址 南京市湖南路 1 号 A 楼
邮 箱 yilin@yilin.com
网 址 www.yilin.com
市场热线 025-86633278
排 版 南京展望文化发展有限公司
印 刷 南京爱德印刷有限公司
开 本 880 毫米 ×1230 毫米 1/32
印 张 9.25
插 页 2
版 次 2017 年 2 月第 1 版
印 次 2022 年 11 月第 20 次印刷
书 号 ISBN 978-7-5447-6699-9
定 价 65.00 元